光文社文庫

獅子の門

玄武編

夢枕　獏

光　文　社

目次

獅子の門

玄武編

序章

奇妙な男であった。

美男子ではないくせに、妙に人を魅《ひ》きつけるものがある。

普通の顔をしているだけで、愛敬《あいきよう》のようなものがその眼元や口元に漂っている。どこかとぼけたような顔だ。

どちらかと言えば細面《ほそおもて》で、ひょろりとした印象の体軀をしている。

別に微笑しているわけではないのだが、別れた後にその顔を思い出すと、思い出したその顔が微笑している——そんな男であった。

年齢は、三十代の半ばくらいに見える。

しかし、実際の年齢が四十歳であっても、三十代の初めであっても、特別な違和感はない。

若さと、老成とがその男の表情の中に等分に含まれているのである。

不思議な雰囲気の男だった。

どのような時でも、その自然体を崩さないタイプのようであった。

男は、ジーンズを穿《は》き、Tシャツを着ていた。

どちらも洗いざらしで、元の色が脱《ぬ》け落ちてしまっている。

そのTシャツの袖から出ている腕が、ひょろりとした体型に似合わず、思いがけなく逞《たくま》しい。

ことさら筋肉が盛りあがっているという腕ではないのだが、上腕の肉が引き締まっている。

素足であった。

床の板の上に直接胡座《あぐら》をかいている。

——羽柴彦六《はしばひころく》。

それが、この男の名であった。

彦六の前の床に、大きめの木製の盆があり、その上に、ビールの入ったコップがふたつ、乗っている。

その周囲には、ホッケの開きらしい焼き魚と、枝豆、冷やっこの入った皿がある。どれもふたつずつだ。

冷やっこの上には、たっぷりと、ネギとショウガが乗っており、さらにその上にカツオブシがふりかけてある。

どの肴《さかな》にも、すでに箸《はし》がついており、盆の横には、空になったビールのアルミ樽《だる》がひとつ転がっている。

その盆をはさんで、彦六と向きあっている男がいた。

どっしりとした、重そうな体軀の男であった。

身体全体に丸みがある。

しかし、それは脂肪による丸みではなく、筋肉による丸みであった。

五十代後半と見える、年配の男であった。

男の髪には、白いものが混じっていた。

その男が着ているのは、白い道着であった。

襟《えり》に、〝武林館《ぶりんかん》〟の文字がある。

温《おだ》やかで、柔和な表情をしたその顔に、朱が差している。酒が入っているためらしい。

実戦派の空手流派、武林館の館長、赤石文三《あかいしぶんぞう》であった。

海外に無数の支部を持ち、日本ではフルコンタクト制の実戦空手の雄として知られる武林館の総帥《そうすい》である。

帝都大学在学中にアマレスを学び、卒業後に、空手界に身を投じた男である。在学中はフランス文学を専攻した。肩書きに文学士号を持つ空手界の変わり種だ。

一時期、重量級の少ないボクシングのリングにも、ライトヘビー級のボクサーとして上っていたこともある。

アマレス時代の戦績は、無敗。

ボクサーとしての戦績は、八戦して八勝。その八勝のことごとくがＫＯ勝ちである。

フランス文学を専攻しながら、ただ肉体を鍛えるために始めたアマレスであった。そのアマレスで初めて、格闘家としての赤石の才能が開花したのだ。

アマレスラーとしてオリンピックにも出場予定のその頃に、赤石は、初めて敗北を味わった。

正式なアマレスの試合ではなく、野試合に近い形式の闘いであった。

相手は、赤石よりも小柄な武術家であった。

萩尾無村《はぎおぶそん》——それが、赤石を破った男の名である。

古流武術、萩尾流の達人であった。

その萩尾無村の拳に、あっという間に叩きのめされ、最後に腕の関節を極《き》められた。

赤石が空手界に身を投じたのは、その後である。

柔和な赤石の眼が、彦六を見ている。

知的な風貌をしていた。

この男が、一旦、闘いとなると、人格が変わる。

容赦のない技を、相手の急所におそろしいほど正確に叩きつけてくるのである。そのパワーもまた桁《けた》はずれであった。

「まったく、不思議な男だな君は——」

赤石が、美味《うま》そうにビールを呑《の》み干した彦六に向かって言った。

「しばらく姿を見せなかったと思うと、今夜のように、ふいにやってくる」

「すみません」

彦六が言った。

それほどすまなそうには思っていない口調であった。

場所は、世田谷にある、武林館の本部道場である。

広い道場の中央に、ビールと肴を出して、ふたりで飲んでいるのである。

開け放した窓から、夏の夜風が道場に入り込んでくる。

梅雨の終りかけの、たっぷりと湿り気を含んだ風だ。濃い植物の匂いと、排気ガスの匂いが溶けている。

昼まで降っていた雨が、今は止んでいるらしい。

その窓から、車のクラクションの音や、街のざわめきが、同じ夜気に乗って届いてくる。

酒と、肴の匂いとは別に、薄く汗の匂いが彦六の鼻をくすぐっている。道場の床や、はめ板から漂ってくる匂いであった。

床や壁の板に、道場生の流した汗が染み込んでいるのである。そこから、その匂いが夜気の中に立ち昇ってくるのである。

嫌いな匂いではない。

「ところで――」

と、赤石が彦六に声をかけた。

「――久我伊吉《くがいきち》とやったのは、いつだったかな」

「二年前の夏です」

彦六が答えた。

「萩尾流の久我伊吉、どのようだった?」

「技の切れに、鋭いものがありました。ああいう闘いをやっていると、寿命《じゆみよう》が縮みます」

彦六は言った。

――二年前。

その同じ年の一月、冬の札幌で、彦六は室戸《むろと》武志《たけし》と会っている。

彦六は、ふと、武志の巨体と、象に似た優しい眼を思い浮かべていた。

その年の夏に、彦六は、信州で久我伊吉と対決したのだ。

――久我伊吉。

萩尾流の、萩尾《はぎお》老山《ろうざん》の高弟である。

老山は、赤石を倒した萩尾無村の実子だった。

「久我は、老山が死んだのは、君との闘いが原因だと言ってたと思うが――」

「そのように言ってましたね」

「老山との対決は、何年前だったかな――」

「七年ほど前だったと思います」

「君がまだ、二十代の時だったな」

「二十七の時です。萩尾流をたずねて教えを請《こ》うたのが誤解されたようで――」

「しかし、尋常《じんじょう》の立ち合いだったのだろう？」

「ええ」

「老山は、何歳だった？」

「その時で、四十五歳であったと記憶しています」

「死んだのは？」

「それから二年後の四十七歳の時です」

「酒の好きな男だったが、その酒が老山を滅したのよ」

「自分と立ち合った時にも、酒が入っていたようでした」

「酒の過ぎるのはいかん」

「これは酒ではないのですか」

彦六は、ビールの入ったグラスを持ち上げて、言った。

「過ぎぬ酒は薬よ。それに、わたしは現役を退いた身だからな。君はまだ現役だろう？」

「もう、五分も組手《くみて》をやれば息があがってしまいますよ」

「五分ももてば上等さ――」

「できるだけ、こちらは動かないようにしています」

「しかし、中国拳法というのは、老いてからもまだまだ使えるのだろう？」

「ええ。筋力のみに頼ったものではありませんから。しかし、太極拳、八掛掌といったところで、所詮《しょせん》は魔法ではありませんからね。どこかで肉体の老いには追いつかれてしまいます――」

「若い者の時代だよ。これからは――」

しみじみとした口調で、赤石が言った。

彦六が言った。

「麻生誠《あそうまこと》をしのぐ者は出ていますか？」

赤石は、腕を組んで、しばらく考え、そして首を振った。

「まだだな。鳴海俊男《なるみとしお》があるいはと思ったのだが……」

「鳴海ですか」

「うむ。君が色々と太極拳などを教えていたようだな」

「御迷惑でしたか？」

「そんなことはない」

「そう言っていただけると、助かります」

「四年前の、秋の大会で、鳴海と麻生が闘った決勝戦は、君にも見せたかった」

「鳴海が負けたのでしょう?」

「ああ。それも、三年連続して決勝で負けた――」

「――」

「どうかね?」

赤石が、妙に真顔で、彦六に言った。

「どうとは?」

「空手にしろ、相撲にしろ、素手の格闘技においては、身体の大きい者の方が有利だということについてだ。君はどう思う――」

「それは、間違いではないでしょうが――」

言ってから、彦六は黙った。

素手の闘いにおいては、ウェイトの違いは決定的な勝敗の要因となりうる。

体重が一〇〇キログラムのボクサーと、体重が六〇キログラムのボクサーとが闘った場合、勝敗は、よほどの実力の開きがない限り、まず明らかである。

パンチの重さが違いすぎるのである。

フライ級のボクサーが、ヘビー級のボクサーのボディに、いくらパンチを叩き込んでも効かないかわりに、ヘビー級のボクサーが、フライ級のボクサーのボディにパンチを叩き込んだ場合、ほぼ一発でかたがつく。

拳に、本人の体重が乗るからである。

プロボクシングは、ジュニア・フライ級の四八・九キログラム以下から始まって、ヘビー級の七九・三キログラム以上まで、一三段階に、その階級がわかれている。それにはきちんと意味があるのだ。

柔道、レスリング、キックボクシングにおいても、体重制は例外ではない。

「——ウェイトは必ずしも決定的な要素ではないでしょう」

「それはもちろんだ。しかし——」

赤石はまだ腕を組んだまま言った。

「鳴海と麻生のことですね」

「うむ」

言って、赤石は組んでいた腕をほどいた。

「ふたりの体格のことですか——」

「ああ。うちの大会は、体重制をとってないんでね。大きい者も小さい者も一緒だ」

鳴海俊男、二十八歳。身長一七七センチ。体重八五キログラム。

麻生誠、二十六歳。身長一九〇センチ。体重一二〇キログラム。

それがふたりのデーターであった。

身長で一三センチ、体重では三五キロ、麻生誠《まさ》が勝っている。

素人《しろうと》と空手家ではない。

空手家どうしの対決の場合、この身長差と体重差は大きい。

「うちの中では、このふたりがずば抜けている。天分、素質、タイプは違うがどれをとっても甲乙つけ難い。実力そのものも同レベルにある。差があるとしたら、それはふたりの肉体だ——」

「なるほど」

「その肉体の差を埋めるには、努力しかない。普通ならばな——」

「——」

「どのような世界にも、天才というものがいる。空手の世界にもだ。すぐに技を呑み込み、足も高くあがり、技のコンビネーションも素晴しい……」

「はい」

「しかし、君も知っていようが、往々《おうおう》にして、天才とは、大成しないものだ——」

「——」

彦六は、無言でうなずいた。

「天才には、感動がない」

赤石は、きっぱりと言った。

「どんな技もすぐに呑み込んでしまうからだ。それが天才の足元に口を開けている落とし穴だ――」

言ってから、赤石は彦六を見た。

「ええ」

「わたしは、何人もの門弟を見てきて、そう思う。努力しない天才よりは、努力する凡人が勝るのだ。これほどという天分に恵まれた者が、五年後、六年後には、同時期に入門したただの男に抜かれてしまっているのを、何度も見てきた。何故なのだろうか。どうしてなのか――」

「――」

「ただの男には、感動があるからだよ。回し蹴りひとつをとってもそうだ。天才は、すぐに覚えてしまう。何週間か、何日かで、驚くほど高く足があがるようになり、一日に百回か二百回も練習すれば、その技を自分のものにしてしまう。しかし、ただの男は駄目だ。二カ月で天才が通り過ぎてしまう場所を通り過ぎるのに、一年も、二年もかかる。時にはそれ以上もだ。高く足のあがった、回し蹴りを放つだけで、何千回何万回以上もただ同じことを繰り返す。天才と、同じ蹴りを放つという、ただそれだけのことのためにだよ――」

「はい」

「ある時、ふいに、足があがる。それまでと同じ場所に当っているはずなのに、これまでとはまるで違う感触のものが、その蹴りを放った瞬間に、全身を貫くのだよ。これだ、と思う。ああ、これだと思う――」

赤石の声が、やや高くなっている。

「その時の感動の深さが、おそらくは、その空手家の一生を決めてしまうような気がするのだよ」

「――」

「その蹴りの感触を忘れないために、何度も何度も同じことを繰り返せるかどうかなんだ。ただの男は、天才が、一カ月で覚えてしまう蹴りを、一年も二年もかかって覚える。そして、覚えたら、それを一生忘れない。なあ、彦六。空手だのなんのと言ったって、所詮は素手で人を倒す技術だ。人を倒すのに、百や二百の技を知っていなくたってかまわないんだよ。強力なローキックがひとつ、強力な右のストレートがひとつ、そのふたつだけだっていいんだ――」

赤石は、口をつぐんで彦六を眺めた。

彦六は、無言で、赤石の次の言葉を待った。

「空手家なんぞと言ったって、初めてブロック割りをした時のあの感動を、一生覚えていられるかどうか、根っこは、そんな単純なところにありそうな気がするよ――」

ぽつりと赤石が言った。

「赤石さんはいかがなんですか」

「わたしは駄目だな。わたしはもう、空手を営業しているただの男さ。空手家とは呼べんよ――」

小さく笑った。

彦六を見た。

「話をもどそう。天才と凡人の方にな――」

「はい」

「しかし、稀《まれ》に、その感動を有する天才がいる。感動し、その感動を持続させたまま、努力をしてしまう天才がいるんだ――」

「――」

「持って生まれた巨体も、天賦《てんぷ》の才も、同じものだ。恵まれた肉体を持ち、それにおぼれず、なおそこに努力を積み重ねることのできるタイプの人間なのだよ、麻生は――」

「――」

「鳴海の不幸は、同時期に、麻生誠という人間のいたことだ。素質の上では同等のものを持ちながらな――」

「あながち、不幸とばかりは言えないのではないのですか――」

「うむ」

「少なくとも、鳴海は、麻生誠の持っていないものを、ひとつ手に入れたわけですから――」

「何かね」

赤石が訊いた。

「敗北ですよ」

彦六は言った。

赤石を見る。

「ほう――」

声をあげて、赤石は彦六の視線を受けた。

彦六は楽しそうに微笑した。

「おもしろいことを言う男だな、きみは――」

「素質、天分、それは間違いなく存在するものなのでしょうが――」

彦六は言った。

「他人が、その量や質を正確に見極められるものではないか――」

赤石が言う。

「おそらく、本人にも見極められるものではないでしょう」

彦六が言った。

赤石は、彦六の顔を見つめ、小さく息を吐いた。

「きみと話して、少しほっとしたよ」

「なにか、悩んでおられたようですね」

「体重制を取り入れるかどうかということについてね。そういう声が、最近多いのだよ」

「なるほど、それで、鳴海と麻生のことを持ち出したのですか――」

「その鳴海だがな、半年ほど前に、武林館をやめたよ」

「やめた？　鳴海がですか？」

「そうだ。やつめ、昔から、このわたしよりも考え方が過激でな。やつも、体重制には反対であった。何故かと訊くと、麻生と闘うことができなくなるからだと言いおった。体重制にするならするでかまわないが、無差別級も造るべきだとな――」

「――」

「鳴海め、とんでもないことまで言い出したよ――」

「とんでもないこと？」

「うむ。顔面に、拳をあててもいいルールにしてくれとな――」

「そうですか」

「しかし、それは危険すぎる」

「はい」

「確かに、そういうルールにすれば、体格によるハンデはある程度は埋まろう。しかし、素手の拳を本気で人の頭部にあてた場合、鼻が潰《つぶ》れるだの、歯が折れるだのではすまない事態が起こりうる。時によっては、頭蓋骨《ずがいこつ》の陥没というようなこともあり得よう——」

「でしょうね」

「頭部に、プロテクターのようなものをつけて、拳にグラブをはめるというようなことを鳴海は考えているようだった。ゆくゆくは、組み技も含めてはどうかと——」

「すでに、そのような流派も出てきているでしょう？」

「知っている」

赤石はうなずいた。

堅い声であった。

現在の空手界の流れは、およそ、次の三つに分けられる。

ひとつは、寸止めと言われる空手である。

組手や試合で、実際に拳や蹴りを相手の肉体に当てない空手である。相手に当てる寸前で蹴りや拳を止め、それで勝敗を決するやり方をとっている流派がそうだ。

もうひとつは、フルコンタクトと言われる空手である。

組手や試合で、実際に拳や蹴りを相手の肉体に当てる空手である。拳や蹴りを相手の肉体に打ち込み、実際のダメージを相手の肉体に与えることによって、勝敗を決しようという実戦流派である。

その代表的な流派が、赤石文三の武林館であった。

しかし、フルコンタクト制をとっている武林館のルールでも、禁じられていることがある。

股間へのあらゆる攻撃、眼突き、そして、頭部への正拳による攻撃である。

つまり、蹴りなら相手の頭部に入れてもいいが、正拳——つまり拳で相手の頭部を殴ってはいけないというルールである。空手の正拳による攻撃が危険すぎるためのルールだ。

もうひとつは、同じフルコンタクト制のルールを取り入れながら、身体に防具を帯びて闘う流派である。

頭部にプロテクターを付けるだけでなく、胴に胴あてを付けたりする流派もある。この場合には、正拳による頭部への攻撃が許されている。

中には、投げ技から、関節技までを、その試合ルールの中に取り入れて、空手をあらゆる意味での総合格闘技として考えてゆこうという動きを見せている流派もある。

それが、今、最も新しい空手界の潮流である。

鳴海が、赤石文三に求めたのがそれであった。

「赤石さんは、鳴海に何と答えました?」

彦六が訊いた。

「結論から言えば、それはできぬと答えたよ——」

重い声で、赤石が言った。

「ほう――」

「鳴海の気持ちはわかる。痛いほどな。やつは、わたしに、何度も言ったよ。わたしがそうすれば、フルコンタクト制の空手界全体が、そのように動くだろうと――」

「赤石さんは、それだけの影響力を持っているでしょう」

「わたしにも、それはわかっているよ。しかし、それはできない――」

「何故ですか」

「武林館の所帯が大きくなり過ぎたからだよ。これだけ、世界に広まってしまった武林館ルールを変えるのに、どれだけの年数と金がかかると思う？　小さなパンフレットの書き換《か》えから始まって、指導員への教育までしなおさねばならない。結局、普段の練習も、試合ルールにのっとったものになってしまっているからだ。顔面への正拳による攻撃があるのとないのとでは、構えの基本、攻撃と受けのコンビネーション、そのタイミングそのものまで変える必要がある。微妙なものだが、それは必要だ――」

赤石は、重い息を吐いた。

「もうひとつ、理由がある」

床に視線を落として言い、それから視線を彦六に向かってあげた。

「恥を忍んで言おう。すでに、わたしの空手は、守りに入ってしまっているのだよ――」

赤石の言う空手——空手に半生を捧げてきた者にとって、それは、人生という言葉と同じ重さを持つものだ。

「金も時間もかかろう。しかし、鳴海の言うそれは、やってできないことではない。だが、わたしは、それをやる勇気がないのだ。わたし自身が、もはや、そういう流れについてゆけないからだよ。わたし自身の肉体が、せめてきみほども若ければ、自分からそういう流れに身を投じて行ったことだろう——」

「——」

「わたしの造りあげた武林館の空手が、わたしの力ではない別の力によって、別のものに変わってゆくことがこわいのだ——」

彦六を見て、小さく微笑した。

彦六は、静かに赤石を見つめていた。

「不思議な男だなあ、きみは。いらぬことまでわたしにしゃべらせてしまう。武道家としては、きみのように独りであることの方が、正しいのかもしれない——」

赤石は、自分のコップのビールを呑み干した。

空になったコップに、彦六が、ビールを注《つ》いだ。

「鳴海はやめたが、わたしの方には、鳴海に含むものは何もない。組手の相手が欲しければ、いつでも武林館に来いと言っておいた。この次からは、フリーの立場で、大会に出場してくるだろう――」

「そうでしたか」

「潔《いさぎよ》い男だな、あれは。茅ケ崎《ちがさき》の道場の支部長をやっていた男だ。門下生の信望もあった。あの男が来いといえば、ほとんどの門下生が、あの男について行ったはずだ。それを、あの男は許さなかった。わたしへの義理だてからだ。いや、ただひとりだけ、鳴海について行った男がいたな」

「ひとりだけ？」

「うむ。他の門下生は、ついてくるのを許さなかったのに、その男だけ、鳴海がついてくるのを許したのだ」

「ほう……」

彦六は、何か思い出したように息を吐いた。

「その門下生をつれて、鳴海が挨拶《あいさつ》に来た。この男だけ、連れて出ることを許してくれと言ってな――」

「どんな男です？」

「若い、まだ、十代の男だ。口数の少ない、妙な癖のある眼をした男だった――」

その時のことを思い出しているように、赤石は眼を宙へ向けた。

「その男、芥菊千代《あくたきくちよ》とか言いませんでしたか？」

彦六が言った。

「そういう名前だった。きみは、その男を知っているのか――」

「ええ、ほんの少しですが――」

彦六は答えた。

それは、四年前であった。

武林館の茅ヶ崎支部の道場で、鳴海と組手をした時があった。

その時、窓の外から、凝《じ》っと鳴海を見つめていた少年のことを、彦六は思い出していた。

その少年の名前が、芥菊千代だったはずである。

無口な少年だった。

〝空手を習いたいのか?〟

そう訊いた鳴海に、少年はうなずいた。

ならば武林館に入門しろと言った鳴海に向かって、少年はおずおずと首を左右に振った。

入門したいんじゃなくて、鳴海自身にその少年は空手を習いたがっているように彦六には見えた。

〝その坊やは、あんたに空手を習いたがってるんだぜ〟

彦六が助け舟を出すと、少年は震えながらうなずいた。

〝おまえも、強くなりたいのか〟

そう鳴海が問うと、うつむいた少年の顔の下の床に、ふいに、小さな水滴がぽたぽたと染みをつけた。

その時の光景を、まだ彦六は覚えている。

——あの時の少年か。

彦六は思った。

「鳴海は、しきりと君に会いたがっていたぞ——」

「そうですか——」

「武林館で、麻生と同じ努力をしていたのでは、麻生には勝てないと思っているらしい。その武林館ではない方向を、きみの中に見つけている——」

「はあ——」

「きみの教えた、陳《ちん》式の太極拳が、鳴海は気になっているらしいな」

「しかし、鳴海には空手が合っているように思いますが——」

「そのくらいは本人もわかっているさ。あとで住所を教えるから、会いに行ってやってくれ。茅ケ崎で、鳴海塾というのを始めた。師ひとり、弟子ひとりのな——」

「ええ」

彦六がうなずいた。

「もうひとり、いや、もうふたり、きみに会いたがっている男がいるよ」

「誰ですか？」

「松本から、きみがよこした、加倉文平《かくらぶんぺい》だよ――」

「文平ですか」

「こちらの大学入学と同時に、うちに来ているよ」

「元気でやっていますか」

「ああ、まったくきみは、奇妙なところから人材を見つけてくるのがうまいな」

「知り合いの将棋指しの息子です」

「もしかすると、鳴海をのぞけば、麻生を倒す最先端にいるのが、加倉かもしれない」

「へえ――」

「もうひとり、加倉と一緒に来た男がいたが、その男にも、素材としては、おもしろいものがあった――」

「一緒に来た男？」

「むこうはきみを知っていたぞ。志村礼二《しむられいじ》という男だ」

「あの男ですか」

彦六はうなずいた。

彦六は、文平と一緒に、松本で、志村と会っている。

空手の技も何もないが、その肉体に天性のバネと、暴力性を秘《ひ》めている少年だった。

美しい少年だった。

強烈な自我を、その紅い唇に溜《た》めていた。

その美しい貌《かお》の中に刃物の切先を潜ませているようだった。

土地のヤクザに、自分の女を捕えられ、それを単身、助けに出た。はからずも、文平と共に、志村を助けて彦六もヤクザと闘ったが、志村は、ヤクザの刃物と向きあっても、腰が逃げてはいなかった。

「その男はどうしていますか？」

「今は、いない」

「いない？」

「やはり半年ほど前に、いなくなった」

「何かありましたか？」

「あったな」

にっと、赤石が笑って答えた。

「何がです？」

「加倉とやりあって、徹底的にやられたのさ。その翌日から、来なくなった」

「なるほど……」

彦六はうなずいた。

「もうひとり、会いたがっていたというのは志村のことでしたか――」

「いや違う。もうひとりの方は、少し厄介《やっかい》だな」

「というと？」

「さっき、少し話の出た、萩尾流さ」

赤石は、また腕を組んで、さぐるように、彦六を見た。

「萩尾流が――」

「きみの倒した久我伊吉の弟の、久我重明《くがじゅうめい》だよ」

「暗器《あんき》の重明ですか――」

「きみも名前は聴いているか」

「はい」

「その久我重明から連絡があった。知っての通り、うちも、萩尾流とは、まんざら知らぬ仲ではないからな」

赤石が言った。

彦六は、小さくうなずいた。

アマレス時代に、赤石は萩尾流の萩尾無村に破れ、空手を始めた一時期、その萩尾無村の元で萩尾流を学んだことがあるのだ。

「久我重明が、何と言ってきましたか――」

「羽柴彦六が、時おり、武林館に顔を出しているのを、どこかから聴いてきたらしくてな、来るようなことがあれば、それを教えてほしいということだった」

「何故でしょう？」

「わかっているくせに。きみと果たし合いをしたいということだよ」

「重明がですか」

「そうだ」

「こわいな」

彦六は、ぼりぼりと頭を掻《か》いた。

「こわい？」

「よわりました」

彦六は言った。

「あまりよわっているようには見えないがね——」

「本当ですよ」

「とぼけなくてもいい。きみが本当は、これが——」

と、赤石は、組んでいた腕をほどいて、右手で握り拳を造った。

「——これが好きだというのはわかってるんだ」

赤石が言うと、また、彦六は頭を掻いた。

「教えるのなら、明日か、明後日《あさって》あたりにして下さい」

「心配するな、きみが、今日、ここに来たということは、わたしと、加倉文平の二人しか知らん──」

「もう、文平が知っているのですか？」

「きみが来た時に、連絡を入れておいた。いずれここにやって来よう」

「重明には教えてないでしょうね」

「まだだ。教えたくても、重明がどこにいるのかわからんからね」

「わからないとは？」

「旅に出てるのさ。きみと同じだ。そこらをほっつき歩きながら、きみを捜しているらしい──」

赤石が言った。

その時、道場の入口の戸が、静かに開けられた。

赤石と、彦六がそこに眼をやった。

そこに、学生服姿の加倉文平が緊張した顔で立っていた。

「よう──」

彦六が声をかけると、文平の緊張がたちまちほどけた。

「彦六さん」

文平は、微笑した。

「文平――」

彦六が言うと、文平がぺこりと頭を下げた。

「久しぶりです」

「元気だったか――」

「はい」

文平が答えた。

「入りなさい」

赤石が言うと、ゆっくりと文平が道場の中に入ってきた。

松本の頃よりも、ひとまわりは大きくなっていた。

胸の厚みが増し、身体に重みが加わっている。

しかし、重いはずのその身体が、少しも重そうに感じられない足どりであった。

文平をむかえて、彦六が、立ちあがっていた。

歩いてくる文平に向かって、彦六が、すっと腰を落とした。

同時に、文平が腰を落としている。

近づいたふたりの身体が、一瞬、止まった。

ぴんと、ふたりの間の空気が張りつめた。

張りつめた時には、同時にふたりの肉体が動いていた。

素晴しい動きであった。

足をさばきながら、ふたりの肉体の位置が次々に入れかわる。

眼で追えぬくらいに、ふたりの手足が目まぐるしく動く。

それほど動いていながら、音がしない。

掌や拳が、互いの肉体にぶつかりあっているのか、いないのか、それがわからない。

すでに空間に約束されている線を、ふたりの肉体が、拳が、凄い速さでなぞってゆくようであった。

ふたつの肉体が動いているのに、そのふたつの肉体を操っている意思はひとつのようであった。

ふたりの肉体が接する部分に、眼に見えぬ薄紙が一枚存在しているように見える。

動きの速さがさらにアップしてゆく。

しかし、その眼に見えぬ薄紙は存在していた。どんなに動きが速くなっても、鋭くなっても、その薄い紙は破れない。

もし、実際にその紙があるとすれば、柔らかな呼気をふきかけただけで、破れてしまいそうな紙だ。

その紙が、スピードが増すにつれて、さらに薄くなってゆく。

美麗な無音の動きであった。

人の肉体が、このように動けるものかと思う。

ふたりの肉体から重力が消失してしまったように見える。

ふたりの動きの中に、速いだけではなく、刃物のように鋭い動きが混じる。

ふたりの動きの中に、ほんの一瞬、ふいに重力がもどる。

ぱん。

と、鋭い音がはじける。

だん。

と、床が鳴る。

その音がした時だけ、ふたりの間の薄い紙が消失し、ふっとふたりを包む空間がめくれあがるような錯覚さえおぼえるほどだ。

ふいに、文平の身体が大きく後方に飛んだ。

どんと文平の尻が床に落ちた。

彦六の掌が、前に出てきた文平の腕をすり抜けて、文平の腹を打ったのである。

文平は、床に尻を突いたまま、赤い顔をして、彦六を見ていた。

「怠けていなかったな、文平——」

彦六が言った。

笑っていた。

魅力的な笑みであった。

「はい」

文平が微笑してうなずいた。

文平は、荒い呼吸を数度繰り返してから、けろりとした顔で立ちあがった。

「みごとなものだな」

立って向かいあっているふたりに向かって、赤石が言った。

「すみませんでした」

文平が、赤石に向かって、ぺこりと頭を下げた。

「太極拳の対練《たいれん》、これほどのものを、日本人がするのを初めて見させてもらったよ」

赤石の声には、賛嘆の響きがあった。

「恥ずかしいです」

文平が、やや緊張した声で言った。

赤石の言った対練とは、日本的に言うなら、ふたりで行なう練習というほどの意味だが、実際にはそれ以上のものだ。

空手で言う演武は、基本的にはひとりで型を表演することを差す。

対練は〝対〟の字のあるごとく、ふたりでそれを行なうことをいう。

推手《すいしゅ》。

大履《だいり》。

対打《たいだ》。

散手《さんしゅ》。

の種類があり、推手、大履、対打は、その型にある程度までの決まりがある。

推手は、互いに手をかけ合わせ、推《お》したり流したりする練習法である。その場に立ったまま行なう定歩《ていほ》から、切り返しの入る換手換歩《かんしゅかんぽ》、足を動かす活歩《かつぽ》、自由に動く散歩《さんぽ》までの法がそのレベルに応じてある。

独りで行なう単練《たんれん》のひとつである攬雀尾《らんじやくび》の掤《ほう》、履《り》、擠《せい》、按《あん》の四種の手技を用いて行なうのが、この推手である。

推手の手法に対して、身体、つまり身法をもって動く相対練習法が大履《だいり》である。

対打《たいだ》というのは、互いに約束にしたがって拳や脚を合わせ、攻撃し、受ける相対練習法で、約束組手のようなものだ。

散手《さんしゅ》が、空手で言うところの自由組手にあたる。

時間にすればおよそ二分ほどであったろうか。

彦六と文平は、その間に、推手から始まって、大履、対打、散手と、対練のひと通りをやってのけたのである。

事前に練習をしても、こうまで鮮やかにできるものではない。

「途中にあったいくつかの発勁《はっけい》もみごとだった――」

赤石が言った。

文平が恐縮して沈黙していた。

「散手《さんしゅ》で、最初に仕掛けたのはおまえだろう――」

赤石が文平にむかって言った。

「はい」

文平がうなずいた。

その文平の出してきた拳をかわして、彦六が軽く掌をあてたのである。その軽くあてただけの掌によって、大きく文平が後方に飛んだのだ。

「強くなったな、文平――」

彦六が、ぽん、と文平の肩を叩いた。

一章　野武師《のぶし》

1

——強くなりたい。
熱い、青白い炎が、その男の胸を焦がしていた。
誰よりも強くなりたい。
その想いが肉を焼いている。
はらわたを突いてくる無数の刃のように、その想いが男を責めている。
美麗な男であった。
肌の色が白かった。
女のように紅い唇の下に、きりりと嚙《か》んだ白い歯が見えている。
すっきりと、高い鼻梁《びりよう》をしていた。

その通った鼻筋や貌《かお》だちには、気品すら感じさせるものがあるのに、男の紅い唇に浮いているのは、それとは逆のものだ。飢えきった獣を思わせるこわいものが唇に張りついている。紅い唇から覗《のぞ》いている白い犬歯が、今にもぬうっと長く伸びてきそうであった。

黒い大きな瞳をしていた。

その双眸《そうぼう》の中に、その男の肉を焼いている炎が映っていた。

どこかに狂気さえ潜ませた、暴力的な炎であった。

志村礼二《しむられいじ》である。

志村は、全裸であった。

全裸で、やはり全裸で四つん這いになった女の白い尻を抱えていた。

——何をしているのか。

そう志村は思っている。

こんなところで、こんな風に女の尻を抱え、いきり立ったものを女の中に突っ込んで何をしているか。

強くなりたい。

そう思っているはずの自分が、女の後方から女の肉を貫いて、何をしているのか。

こんなことをして強くなるのか？

強くなるわけはない。

それはわかっている。

わかっているが女を抱いている。

わかっているから女を抱いている。

おもいきり腰を振った。

女が、身をよじって、自分の肉体に生じている快感を訴えている。

両膝を突き、腰を高く上げた姿勢のまま、女は、頭から布団《ふとん》の中に潜り込もうとしているようだった。

何度も、左右に顔の方向を入れかえる。

「礼二、礼二……」

女が、うわごとのように、志村の名を呼んでいる。

――糞《くそ》。

志村はおもいきり腰を突き出す。

四カ月前に、新宿のスナックで知り合った女であった。

興津恵美子《おきつえみこ》という、十九歳の女子大生である。

恵美子は、小柄だが、豊満な肉体をした女であった。

十九歳でありながら、SEXは奔放であった。

最初の日から、志村のそれを自分から咥《くわ》えてきた。

三度目の時には、後ろの方に入れてくれと、やっている最中に哀願してきた。

「お尻に入れて――」

肛門性交のことである。

昂《たか》ぶってくると、痴語を口にする。

恵美子は自分で口にした痴語でさらに昂ぶり、さらに大きな声で痴語を叫んだ。

志村のそれが潜り込んでいる部分の俗称を叫ぶ。

志村にも、同じ言葉を言うことを強要する。

初めは、うつぶせになった恵美子に後方から入れながら、恵美子の耳元で、志村が小さくその名を囁《ささや》いてやる。

聴こえないと恵美子が言う。

何が聴こえないのかと、腰を振って志村が問う。

「恵美子のここよ、ここのことよ――」

恵美子が尻をよじって訴える。

「恵美子の、恵美子の――」

自分の名を言いながら、恵美子がその言葉を口にする。

志村がその言葉を、さっきより大きな声で復唱すると、それだけで恵美子は達してしまう。

自分のそこがどんなに気持ちがいいのかを恵美子は言い、志村にも言ってくれと恵美子は哀願する。

その恵美子の肉体に溺《おぼ》れた四カ月であった。

時間さえあれば、恵美子と交わった。

大学には、ほとんど顔を出していない。

最初の一年近くは、空手の練習のためである。

次の二カ月が酒のため。

次の四カ月が、この恵美子のためである。

今も、恵美子の尻を抱えている。

恵美子のアパートだ。

自分のアパートには帰ってはいない。

女の肉にどれだけのめり込んでも、炎は消えなかった。

女の尻を抱えながら、頭に浮かんでくるのはひとりの男の顔であった。

志村のように端麗《たんれい》ではない朴訥《ぼくとつ》な男の顔。

——加倉文平の顔であった。

その文平が、女の尻を抱えている志村に、何をしているのかと、朴訥な顔で問うている。

うるせえ、と志村が腰を突き出す。

「いい!」

恵美子が叫ぶ。

文平をぶちのめしてやりたかった。

あの朴訥な顔を血まみれにして、歯を叩き折ってやりたかった。

文平のことを思うと、普段の倍は持続する。

こんな真似ができるかと、文平に言いながら志村は、いきりたったもので女の肉の中をこねる。まわす。

しかし、頭の中の文平は、表情を変えない。

志村は、文平とは、松本市内の同じ高校を出ている。

文平は、あまり目立たない、頭のいい学生だった。

もの静かで、人あたりもよい。

文平を気に入っている自分が、間違いなく己れの中にいる。

——しかし。

志村は文平を許せない。

何故、向こう側の人間のふりをするのか。

文平がである。

文平は、今も、そして高校時代も、独りで暮らしていた。両親がいるにはいるが、どちらもどこにいるのかわからない。もしかしたら死んでいるのかもしれない。

父親の方は、もう爺《じじ》いで、放浪の真剣師だという。

真剣師——つまり、将棋に金を賭《か》けて、その収入で暮らしている人間である。

文平は、自分と似たりよったりの環境の男のはずであった。

志村の両親も生きている。

生きているが、母親の方はどこにいるのかわからない。

父親は気の弱い飲んだくれだ。

山の飯場《はんば》に入って働いている。

金はない。

高校一年の時、その父親に凄んでみせたことがあった。

たまには父親らしいことをしてみせろ。息子に小遣いくらいやってみろよ、そう言った。

父親は、高校一年の志村に向かって土下座をした。

申しわけないと言うために土下座をしたのではない。

自分を殴らないでくれと、そう哀願するための土下座であった。

だから、母親が逃げたのだと志村は思った。

殴ってくれる男と共に逃げたのだ。

あの家から出てゆくために、志村は大学も受験した。

自分を入学させてくれるなら、どんな大学でもよかった。

東京の三流の大学に入った。
当時、つきあっていた女がいた。
京子《きょうこ》という女であった。
気持ちの優しい女だった。
京子は、志村と一緒に東京に出ると言った。
その京子を捨てて東京に出た。
ヤクザたちに、志村の眼の前で犯されて、声をあげていた女であった。
それでも、京子には思いが残った。
その未練《みれん》を振り切るようにして、連絡場所を告げずに東京に出た。
弱い女も、弱い女をどうしてやることもできない弱い男もたまらなかった。
今でも京子のことを思い出す。
もし、恵美子と会っていなければ、京子のいる松本まで帰っていたかもしれない。
強くなりたいと思った。
ガキの頃からそう思ってきたのだ。
父親のように弱い人間になりたくなかった。
頭なんか悪くたってよかった。
他人に馬鹿にだけはされたくなかった。

同情もいやであった。

だから、多かれ少なかれ、加倉文平も、自分と同じような人間だと志村は思ってきたのである。

自分が、馬鹿にされないために、強くなりたいと思い、暴力を武器に選んだように、文平も武器を選んだのだと思った。

その文平の選んだ武器が、真面目であり、勉強のできること、であると思っていたのである。

しかし、文平は違っていた。

志村と同じ、いや、志村以上の強い牙を、その肉体に秘めていたのである。

そのことを志村が知ったのは、京子の件で、学内では札つきのワルであった大久保と、大久保の仲間に呼び出された時であった。

大久保は、志村が、京子を犯したヤクザを路上で襲ったことを知って、それをヤクザに知らせるぞと志村に言った。知らせてほしくなければ、京子とやらせろと、脅したのだ。

大久保たちと闘いになった。

その時に、文平が、あの羽柴彦六という男と一緒に、姿を現わしたのだ。

その時に、初めて、志村は文平が秘めていた牙について知った。

文平は、志村でさえもてあました巨漢の大久保を、奇妙な技で仰向けに倒した。

通臂拳《つうひけん》――

その時に使った文平の拳法の名を、志村はまだ覚えている。

それを見た時に、不思議な戦慄《せんりつ》が背を疾《はし》り抜けたことまで覚えている。

あれだけの牙を持っていながら、何故、文平がああいう顔をしていられるのか。本来なら、こちら側の人間であるはずなのに、何故、向こう側の人間のふりをしているのか。

勉強ができるのならできるでそれはかまわない。優等生でいいのだ。それもまた牙のひとつだと志村は思っている。

その牙で、世の中を押し渡ってゆけばいいのだ。

しかし、〝力〟という一番具体的な牙を持っていながら、何故、それを隠すのか。

頭がいいくせに、何故強いのか。

頭が悪いかわりに、人より数学や英語ができないかわりに、強くあることを自分は選んだのだ。

自分より頭のいいやつよりも、自分が強い人間であること、それが志村の誇りであった。支えであった。

その支えが、根こそぎ消失したのである。

自分よりも遥かに頭がよく、しかも遥かに強い牙を持つ男――それが加倉文平であった。

自分と似たりよったりの環境にいながら、優等生でいられる男――。

加倉文平よりも、自分が勝っているのは女だけかと志村は思う。

思いながら、女を貫く。

まるで、女の肉体を恨んででもいるように、責めた。

責めても責めても足りなかった。

強くなりたかった。

強くなるということは、あの加倉文平に牙で勝つことであった。

今さら優等生にはなれない。

文平に負けた現在でさえ、自分の生きる方法は、この牙にしかないのだと思う。

強くなりたかった。

自分より強い加倉文平という存在を許せなかった。

大久保やその仲間と、牙の競《くら》べっこで勝ったり負けたりするのは、まだ、納得がゆく。

しかし、文平にだけは負けたくなかった。

文平に負けない牙を身につけたかった。

しかし、どうすれば、その牙を身につけることができるのか。

少なくとも、こんな風に女を貫いているだけではその牙が身につかないことはわかっている。

「お尻に、恵美子のお尻の穴に礼二をちょうだい！」

糞！

志村は、おびただしくあふれ出ているものを、狂ったように尻の合わせ目に指で塗りたくった。

中まで指を進入させて、そのぬめりを運んだ。

「ちょうだい、ちょうだい！」

恵美子が叫ぶ。

紅い唇を歪《ゆが》めて、志村は、尻の頬肉をつかみ、それを左右に押し開いた。

焦茶《こげちゃ》色の、淫靡《いんび》な肉の蕾《つぼみ》がそこにあった。

眼も鼻もない、淫らな軟体動物の口のように、その蕾は、内部にすぼまり、また口を外に向かって押し開いたりしていた。

志村は、自分のそれを引き抜いた。

肉の凶器の先端をその口にあて、くぐらせた。

きつい締めつけが、凶器を捕えた。

ゆっくりと押し込んでゆく。

初めてではなかった。

もう何度もくぐった場所であった。

手を尻から離して、前にまわした。

肉の花びらを指で責めながら、志村は動き出した。

強い快感が、志村の腰のあたりに走り始めた。

その快感が、外へ走り抜けようと、肉の中を駆け登ってくる。

その寸前に、ふと志村の脳裏を、京子の顔がよぎった。

——これでは負け犬ではないか。

つきあげてくる快感の中で、そうも思った。

——負け犬。

という言葉のもつ響きに、ぞくりとしたこわいものが志村の背に張りついた。

そのぞくりが、熱い液体と共に、恵美子の内部に突き抜けた。

「京子——」

自分を締めつけている肉の所有者ではない、別の女の名を呼んで、志村は果てていた。

2

声をかけたのは、志村の方からであった。

ひと通りの練習が終り、自由組手が始まった時である。

「おい、加倉——」

突っ立っている加倉文平に、横から声をかけた。

文平は、声のした方をふり向き、声をかけた相手が志村だとわかると、軽いとまどいの表情を見せた。

これまでの十カ月間、相手はおろか、軽い手合わせすら、志村とはやったことがなかったからである。

文平と志村とは、数秒の間、互いの顔を見つめあった。

一月の半ば過ぎであった。

道場内に、暖房はない。

窓もきれいに開け放たれている。

外の冷気が、そのまま中に入り込んでくる。

それでも、道場の内部には、男たちの汗の匂いと、その肉体から立ち昇る熱気が満ちていた。

男たちの洩らす呼気が、道場の大気の中に白くふくらんでいる。

周囲では、それぞれに組手が始まっていた。

「どうした?」

志村が、文平に言った。

「本気か――」

文平が答えた。

「おれは、いつも本気だよ」

志村が言った。

文平が、さぐるように志村の眼を見た。

志村の眼の中に強い色の炎が見てとれた。

「急だな」

文平は言った。

「急じゃないさ。これまでずっと待ってたんだ」

志村は言った。

「ずっと?」

「三年前のあの時からだよ――」

「あの時って?」

「十一月だ。おめえが、大久保の顎を、掌底でがつんとやったあの時からさ――」

「――」

「城山公園でも言ったじゃねえか。てめえとは、いずれ、決着をつけさせてもらうってよ――」

「あの時か――」

文平はつぶやいた。

ヤクザに捕われていた志村の女を、彦六と自分とが、志村と一緒に助け出したことがあったことを、文平は思い出していた。

それが、十一月の城山公園でのことであった。

「何故、今日になったんだ」

文平が言った。

「これまで、おめえに勝つ自信がなかったからだよ」

志村が言った。

「今はあるのか?」

「たぶんな」

周囲で始まった組手のざわめきの中で、突っ立ったまま、志村と文平だけが、そんな会話をかわしていた。

この武林館に、志村を連れてきたのは文平であった。

四月の半ばに、偶然に、東京の雑踏の中で志村と文平とは出会ったのである。

高校の時に、同じクラスであったから、志村も文平も、相手が東京の大学に入ったことは知っていた。

しかし、大学は別々であった。

あの事件以来、文平は、志村に奇妙な親しみを抱いていたのだが、志村の方が文平に対してはつっけんどんであった。

文平を避けている風さえあった。

そのまま卒業し、偶然に再会したその日まで、顔を合わせたことはなかった。

二十日ぶりであった。

会ったのは、新宿の、歩行者天国である。

立ったまま話をした。

「元気そうだな」

志村が言った。

「そっちも元気そうじゃないか」

文平が言った。

そんな簡単な挨拶だけで、言葉がとぎれた。

「ところでよ——」

しばらくの沈黙の後に、志村が言った。

「おまえ、こっちの方面に詳《くわ》しそうだから訊くんだが——」

〝こっち〟と言いながら、志村は、右手に拳をつくって軽く前に突き出した。

それで初めて、その拳に、空手ダコができていることを、文平は知った。

昨日や今日できたものではなかった。

一年か二年くらいのキャリアがなければできるものではなかった。

「やってたのか？」

志村の言葉を待たずに、文平は訊いた。

「へっ」

志村は、強い微笑をその紅い唇に溜めた。

文平の問いを肯定する笑みであった。

松本市内にも空手の道場はいくつかある。隣り町の塩尻《しおじり》にもあるはずであった。

そのうちのどこかに通っていたのだろう。

それとも、我流で、巻藁《まきわら》や樹の幹でも拳で突いていたのかもしれなかった。どちらにしろ、はんぱなタコではなかった。

文平よりもごついくらいであった。

文平が羽柴彦六から学んでいたのは、中国拳法である。

主として、外家拳の一種である空手とは逆の内家拳であった。

内家拳でも、拳を鍛えはするが、空手ほどそれが顕著《けんちょ》ではない。

「武林館てのを知ってるかい」

志村が言った。

「知っている」

文平が答えた。

「本当にこいつを当てる流派で、かなり強いんだろう？」

「ああ」

文平が答えると、志村はまた、にっと笑った。

「武林館がどうしたんだ」

「おれはよ、そこへ行くことに決めたぜ」

「行く？」

「こいつを習いにだよ」

志村が、軽く右拳でジャブを文平に向けて放《はな》った。

そんな何気ない動作だったが、格好がすでに様になっている。

当てるつもりのないジャブであった。

文平の顎《あご》すれすれの所で、拳が引きもどされた。

「へっ」

と、志村がまた笑った。

「もう申し込んだのか」

文平が訊いた。

「まださ」

志村が言うと、今度は文平が微笑した。

「なんだ、おめえ」

志村が訊いた。

「同じだからだ」

「同じ」

「おれも、武林館にゆくことになっている」

「なんだと?」

「これから買い物をして、その足で武林館までゆく」

「もう通ってるのか」

「まださ。でも、今日、おれが入門しにゆくのは、知っている。彦六さんが、紹介状を書いてくれたんだ――」

「あの男か」

志村が言うと、文平はうなずいた。

「館長の赤石先生を彦六さんが知ってるんだ――」

文平が言った。

「ちっ」

何事か考えるように、舌を鳴らして志村は横を向いた。

「おい」

すぐに何かの決心がついたらしく、志村が文平に向きなおった。

「おれも一緒についていくぜ」

「一緒に？」

「同じ日に入門だ。他の弱い流派に行くつもりはねえし、入門が遅れて、おまえの後輩にもなりたかねえんだよ——」

「——」

「かまわねえんだろう？」

志村が言った。

「ああ」

文平がうなずいた。

そうして、文平と志村とは、同じ日に武林館に入門したのである。

同時期に入門した人間たちの中で、文平と志村の強さは際立っていた。

特に、志村の上達ぶりには目覚ましいものがあった。

天性のバネと、鋭い運動神経を、志村の肉体は有していたのである。

長身であった。

彦六と会った時よりも四センチ近くも身長が伸びていた。

あらゆる技を、志村はその肉体に次々に吸収していった。空手をやるためにできた肉体のようであった。

バネとスピードだけでなく、パワーもあった。

先輩の動きをもしのいだ。

志村の技は、その肉体のように華麗で美しかった。

文平は、大学に通いながら道場に足を運んでいたのに対し、志村は、道場に通いっ放しであった。

何かに憑《つ》かれたように、志村は、九カ月間空手を狂ったようにその肉体に吸収し続けた。

しかし、先輩がどんなに勧《すす》めようとも、文平が声をかけても、志村は文平と組手をするのを避けた。

そのことで、先輩の有段者と口論になり、その男とケンカに近い組手を行なったこともあった。

技そのものは、その男の方に一日の長があったが、先に音《ね》をあげたのはその男の方であった。

相手の肉体に攻撃を加えた数こそその男の方が多かったが、どちらの肉体にダメージが大きいかは、誰の眼にも明らかだった。その男も、志村も、鼻から血を流してはいたが、志村はけろりとした顔をしていた。その男の息はあがり、肩で息をしていた。

周囲の者が、ほどほどのところで声をかけなかったら、その男は間違いなく床にのびていたはずであった。

志村のやり方は決まっていた。

文平の組手の時に、喰い入るように、その闘いを眺めるのである。

そして、必ず、その何日後かに、文平の相手をしていた男に組手を申し込んだ。

半年もたつと、志村のそのやり方に、他の門下生も気がついた。

志村は、加倉文平に、特別なライバル意識を持っている――。

そんな矢先《やさき》の、有段者との組手であった。

その有段者と文平との組手を、志村は何度も見ている。

ほどほどの勝負で、文平がやや押されているように見えた。

このようにして、志村は、己れに自信をつけていったのである。

女も酒も、念頭にはなかった。

そして、志村が、文平に声をかけてきたのであった。

以前、文平が声をかけた時には、

「おれは本気になっちまうからよ――」

そう言って断った志村である。

その志村が自分から声をかけてきた。

たぶんなと志村は文平に答えたが、文平を見つめる志村の眼には、その言葉以上の自信が満ちていた。

ぎらぎらと、青白い炎が噴きこぼれるような眼であった。

「相手をしろよ、加倉——」

志村が言った。

「わかった」

文平が答えたその瞬間であった。

いきなり志村の身体が動いていた。

文平に向かって疾《はし》った。

疾った瞬間に、文平の眼の前でくるりと志村の身体が反転した。

強烈な志村の後ろ回し蹴りが、大気を刃物で削《そ》ぐような鋭い弧を描いて跳ねあがった。

前に出た勢いと、自分の体重の乗った、志村の右足の踵《かかと》が、文平の右のこめかみを襲った。

自由組手の蹴りではなかった。

勝つか負けるしかない、試合の時の蹴りであった。

「しゅっ」

熱い炎のような呼気を、志村は吐いた。

文平は、その蹴りを、後方に退かずに逆に前に一歩踏み込みながら、右腕でブロックしていた。

そのブロックに当ったのは、踵ではなくふくらはぎであった。

しかし、それでも、その攻撃がブロックごと、文平のこめかみにぶちあたった。

文平の身体が左に傾いた。

志村の身体がもう一度回った。

志村の右のバックハンドブロウが、ブロックが薄くなった文平の頭部をまた襲った。

それを文平が右肘《ひじ》で受ける。

志村は止まらなかった。

たて続けの志村の攻撃が文平を襲っていた。

しかし、驚いたことに、その攻撃のほとんどを、文平は浅く受けるか、流すか、みごとにブロックしてのけていた。

「ぬうっ」

志村が唇を吊りあげた。

右のストレートを、文平が頭を沈めてかわしたからである。

最初に攻め込まれて遅れをとっていた文平が、その遅れを少しずつ取りもどしていた。

いったん沈んだ文平の頭が、浮きあがってきた。

今沈んだばかりの場所ではなかった。

その場所よりも、さらに志村に近い、志村の懐の空間の中であった。

ぞくりと、戦慄が志村の背を疾り抜けた。

——おれよりも速い。

志村はそう思った。

スピードには自信のあった自分の動きよりも、文平の動きがなお速いことに、志村は気がついていた。

速いだけではなく、文平の動きは正確であった。

文平の右の拳が、自分のボディに向かって動きを開始したことを、瞬時に志村は悟っていた。

これほどの動きをこの男ができたのか。

これまでの組手で、この男は嘘をついていたのだ。自分の牙を隠していたのだ。松本の時と同じだった。

負けるのか、このおれが!?

そう思った。

その思いも一瞬であった。

その一瞬の間に、志村は動いていた。

負けたくねえ!!

「えひゅっ」

叫びながら、浮きあがってくる文平の頭部に、おもいきり自分の額を打ち降ろしていた。

鈍い音が響いた。

めきっ!

とも、
ぎしゅっ!

とも、
ごつん!

とも、その音は響いた。

人の頭蓋骨と頭蓋骨とがぶつかる、重い、不気味な音であった。

その音で、ようやく、その一画で異変が起こっていることを、他の道場生は知ったのであった。

皆の動きが、次々に止まった。

全員が組手をやめて、そのふたりを見た。

男たちの輪の中で、加倉文平と、志村礼二が向かい合っていた。

ふたりの額からは、太い、赤い筋が伸びていた。

その赤い筋は、さらに太さを増しながら、成長を続けていた。

文平は、浅く腰を落とし、静かに拳を顎《あご》の高さに持ちあげて構えていた。

志村は、自分の両拳を高く持ち上げ、文平におおいかぶせるように、肘を開いて仁王立ちになっていた。

志村の唇がめくれあがっていた。強烈な笑みを浮かべていた。

ぞくぞくと身の内に疾り抜ける興奮を、隠しきれずに、自然に唇が笑みの形に吊りあがっているのである。

志村は、浅く、文平の拳を腹に受けていた。

受ける寸前に、頭と頭とがぶつかっている。ダメージと言えるほどのものは受けてはいない。

文平の血の方が量が多かった。

先に顎までたどりつき、そこから道場の床に滴《したた》った。

しかし、文平の表情には変化はない。

血などそこに存在しないかのように、志村を見つめていた。

静かな力が、その肉の内に満ちている。

文平の血が顎までたどりついた時に、志村の額から流れ落ちた血は、志村の唇までたどりついていた。

たどりついたその血を、志村の舌が舐《な》めた。
「来い、文平」
赤い舌で言った。
はじけそうな力が、志村の肉の内に満ちていた。
文平が、その内に静かな水の力を溜めているなら、志村の内には炎が燃えていた。
呑まれたように、男たちは、立ったまま向き合っているふたりを眺めていた。
身長一八〇センチ、体重七八キロ。
これが志村礼二である。
身長一七七センチ、体重七五キロ。
これが加倉文平である。
志村の方が身長があり、文平の方が肉が厚い。
先に動いたのは、やはり志村であった。
真っ直《す》ぐに動いた。
「しゃっ」
志村の右脚がうねるように跳ねた。
次が左脚であった。
次が右脚であった。

次が左脚であった。

次が右脚であった。

華麗な攻撃であった。

その攻撃を、確実に文平がさばいてゆく。

志村の唇には、まだ笑みが張りついている。

志村は、文平の動きのリズムをつかもうとしていた。

文平の隠していた牙がどれほどのものであろうと、それを根こそぎへし折ってやるつもりだった。

手段は選ばない。

所詮《しょせん》はケンカである。

武林館のルールも何もなかった。

ケンカは、自分のルールでやればいい。

それまで蹴りのみの攻撃を出していた志村が、ふいに、攻撃を変えた。

「ちいっ」

声をあげて、右のストレートを、文平の顔面に向けて放った。

顔面への正拳突き——武林館ルールでは禁止されている攻撃であった。

志村が、最初からねらっていた攻撃であった。

蹴りに相手の眼と身体を慣らしておいて、いきなり拳による攻撃をする。しかも顔面に向けてである。

やった！

志村の肉の内に、ぞくりと歓喜が小さく疾り抜けた。

自分の拳の先に、文平の鼻頭が音をたてて潰《つぶ》れたと思った。

しかし、その手応《てごた》えはやってこなかった。

志村の拳は、それまで文平の顔のあった空間を打ち、後方へと走り抜けていた。

文平が、右に身体をひねりながら志村の拳をかわし、志村に背を向けて上体を前に折っていた。

その時には、志村は自分の腹に衝撃を受けていた。

何が起こったのかわかったのは、その衝撃を受けて、身体が一瞬浮きあがった時であった。

文平が、右足の踵を、志村のボディに打ち込んできたのであった。

後ろ蹴りである。

当ったのは、水月《すいげつ》であった。

鳩尾《みぞおち》だ。

志村は後方によろめいた。

がっ

と息の塊りを吐き出した。

ひゅう、と喉が鳴った。

吐き出した分の空気を、肺が吸い込む音であった。

吐き出した分の半分も吸い込まないうちに、また吐いた。胃の中に、石の塊りが入り込んだようであった。

倒れずに踏みとどまった志村に向かって、もう文平が迫っていた。

志村の唇から笑みが消えていた。

「ぬうっ」

志村は、文平に向かって、左足を跳ねあげた。

その左足が空を蹴った。

文平の身体が、低く沈んでいた。

その低い姿勢のまま、文平の足が、床すれすれに、踵から回ってくるりと一閃《いっせん》した。

志村の、床に突いた軸足の右足が払われていた。

背から志村は落ちていた。

糞！

歯をむいて、身を起こそうとした。

その時には、もう、文平が眼の前に立って自分を見降ろしていた。

夢中で頭部を両肘でかばった。
しかし、文平はそこに立っているだけで、攻撃をしかけてはこなかった。
屈辱《くつじょく》的な怒りが、胸の内にこみあげた。
「文平！」
叫んでいた。
叫んで、起きあがりざま、文平の股間に向けて、足を跳ねあげた。
それが、空を切った。
文平が、後方にさがってそれをかわしたのだ。
右脚に、文平のローキックが叩き込まれた。
重い、強烈な蹴りであった。
右膝が、かくんと折れた。
低くなった頭部に、文平の足が、横手から飛んでくるのが見えた。
ブロックした。
ブロックごと、ふっ飛ばされていた。
また倒れた。
起きあがった。
また倒された。

また起きあがる。
志村の道着の前が、点々と血に染まっていた。
文平の血と、自分の血であった。
文平の道着も似たような状態になっている。
「やっちまえ、文平！」
誰かが声をかけた。
いつか、志村が叩きのめした男の声であった。
「いけ！」
「遠慮をするな！」
男たちの声があがる。
志村に声をかけてくる者はいない。
志村の顔に、鬼の相が浮きあがっていた。
血みどろの顔であった。
志村は、思わず、右手を、首の後ろの道着の内側にまわしていた。
学生時代から、外出する時には、上着のそこに凶器を隠している。
短く切った木刀であった。
服の裏地に、袋を造って、そこに木刀を差し込んでいるのである。

しかし、そこに木刀はなかった。

志村は、狂った。

文平目がけてつかみかかった。

空手の技ではなかった。

完全なケンカであった。

野獣にもどっていた。

その野獣に、文平の攻撃が次々に叩き込まれてゆく。

志村は、何度も床に這《は》わされた。

それでも志村は起きあがった。

起きあがること、起きあがって、文平にむかってゆくこと。それだけが、志村の意地であった。

その誇《ほこ》りごと、残っている体力ごと、文平の攻撃が志村の気力を萎《な》えさせてゆく。

また倒された。

腹と頬に、冷たい床の感触がある。

このまま、気持ち良く眠ってしまいたかった。

それでも起きあがった。

「もうやめろ」

誰かの声が耳に入る。

「もういい」

うるせえ、と志村は思った。

すっこんでろ。

立った自分のこめかみに、衝撃があった。

意識を外にはじき飛ばされた。

どんと、堅いものが、自分の身体の全面を叩いた。

何だ!?

何だ、これは!?

前に向かって足を踏み出そうとした。

膝が、堅いものに当って動かない。

前方に、何か障害物《しょうがいぶつ》があるのだ。

床であった。

倒されたのか、おれは?

志村は思う。

頭部を蹴られ、床まで倒れてゆく間、完全に意識が消失していたのである。床に倒れたショックで、意識がもどったのだ。

どちらが上か下かわからない。
堅いものに、両手をあてて、押した。
堅いものが床だ。
その堅いものから立ちあがらねばならなかった。
真っ直《す》《ぐ》押したはずなのに、自分の身体は、堅いものの上を横に動いただけであった。
ガキの頃からケンカをやってきた志村であった。
強いやつともやって、袋叩きにされたこともある。
負けても、勝つまでは何度もケンカをやりに行った。
しまいには、むこうが音《ね》をあげた。
そのおれが、文平に何故負けねばならないのか。
優等生の文平にだ。
勉強で負けるならいい。
一流大学に入った、三流大学に入ったと、そういうことで負けるのならいい。
しかし、ケンカでは負けたくなかった。
ケンカで負けたならば、もう、自分には残されたものはない。
ケンカこそが、自分のたったひとつのものであった。
それを持ってゆかれてたまるか。

立ちあがろうと思った。
立ちあがれば、負けではない。
立ちあがっていれば、どんなにふらふらであろうが、まだケンカの続きなのだ。
立ちあがった。
また倒された。
もう、起きあがりたくなかった。
もういやだった。
もう一度だけ、と思った。
これが最後だ。
もう一度だけ、起きあがろうと思った。
起きあがった。
文平が立っていた。
立ちあがった自分を見ている。
そのまま文平に向かって動いた。
右の拳を、文平に向かって、おもいきり叩き込んだ……。
文平は動かなかった。
その動かない文平に向かって、志村が右手から倒れ込んだ。

倒れ込みながら、文平に抱きついた。

そのまま、どちらも立ったまま動かなくなった。

「加倉」

「どうした!?」

声があがる。

拳を解いて、文平は、志村を抱えた。

「気絶しています」

静かに文平が言った。

皆の視線が、文平に集まっていた。

「すみません」

文平が言った。

「つい、本気になってしまって――」

小さくつぶやいた。

文平は、志村の身体を抱き止めたまま、困ったような顔で、そこに突っ立っていた。

3

志村は、雑踏の中を歩いていた。

場所は、新橋である。

駅に近い、飲み屋の灯《あか》りが眼につく路地であった。

定時に仕事を終え、飲み屋に入ったサラリーマンが、二軒目の店に移動を始める頃である。

志村がはいているのは、洗いざらしのジーンズである。

足にはいているのはスニーカーだ。

Tシャツを着ていた。

二〜三日髯《ひげ》を剃っていないらしく、不精髯《ぶしょう》が浮いていた。

頬が、そげ落ちている。

身につけているものは、この数日、洗濯《せんたく》をしていないらしい。

どれも薄汚れ、顔を近づけると、濃い汗の臭気がしそうであった。

櫛《くし》を入れてない髪が、額に垂れている。

その髪の奥に、ぎらぎらとした眼が、光を放っていた。

飢えた獣《けだもの》の眼であった。

その光の中に、小さな狂気さえ秘めている。
志村は、ジーンズのポケットに両手を突っ込み、前を睨《にら》んで歩いていた。
すぐ先にいる眼に見えぬ敵を、その視線で追っているようであった。
志村の眼は、闇の奥に、加倉文平の顔を見ていた。
貌だちが美しく整っているだけに、異様な迫力があった。
前から歩いてくる人間が、志村を避けて通り過ぎてゆく。
志村の眼光に押されているのである。
酒が入っていた。
さっきまで、座っていた飲み屋のカウンターで、三合ほど日本酒を飲んでいた。
酔っている。
眼の周囲が、やや赤くなっていた。
赤みが、さらに志村の獣を際立たせていた。
濃い苛立《いらだ》ちが、ささくれのように、志村の身体を包んでいるのがわかる。
強くなりたい。
その思いが胸を焦がしている。
しかし、どうすれば強くなれるのか?
それがわからなかった。

空手を死にもの狂いに学んだ一年であった。

これならば文平に勝てる——そう思って闘いを挑んだはずであった。

そして負けた。

空手は、ケンカだ。

ケンカの技術だ。

その技術を学んでいる分だけ、文平の方が自分よりも強い。

そう思っていた。

だから、空手の技術を自分が習得すれば、自分の方が文平よりも強くなると思っていた。

技術が同じなら、あとは度胸である。慣れである。

それならば、場数を踏んでいる自分の方に分があるはずであった。

しかし、文平に勝てなかった。

負けた。

徹底的に負けた。

文平の度胸も相当なものであった。

志村は、自分の肉体に受けた攻撃が遠慮のないものであったことを知っている。

倒れた時こそ攻撃をしてはこなかったが、立っている時の志村に対する攻撃には、手を抜いたものはひとつもなかった。

少なくとも、武林館ルールの内ではそうである。

決して、顔面に拳を入れてはこなかった。

強くなりたかった。

強くなるということは、あの文平をぶちのめすことであった。

その思いが、肉を焼いていた。

志村には、自分の思いが、憎しみなのか、そうでないのかよくわからない。

憎しみではないような気もしている。

恨んでいるような気もしている。

ただ、強くなりたい、文平に負けたくない、その思いだけは、間違えようのないものであった。

文平が、大学へ行っている時も、自分は空手を学んでいたのである。

やっと、技術では、文平に負けないだけのものを身につけたと志村は思った。

その途端の敗北である。

あの時、もしこうだったら、もしこういう技を出していたら——そういうもしはない。

それほど、完璧に負けたのである。

強くなりたかった。

しかし、どうしたらいいのか。

女を抱くことではない。

では、どうやって強くなるのか!?

文平の学んでいるものを自分も学んだとして、結局、それでは自分は文平を追いこせまい。

では、他に何があるのか。

わからない。

わからないから酒を飲んだ。

わからないから歩いている。

志村のTシャツの背がふくらんでいた。

右の襟首から斜め左に、棒のようなものが入っているのだ。

正面から見ると、志村の首の後方から、右肩に、斜めに木の棒が突き出ている。

志村の前方に、小さな人だかりがあった。

ふたりの男を中心にして、その周囲を何人かの人間が遠巻きにしているのである。

「この馬鹿」

語気を荒くした男の声が届いてくる。

ふたりの男が、路上でケンカをしているらしい。

一方の男の声が大きく、もう一方の男の声は、小さく弱々しかった。

「足らねえんだよ、五千円じゃあな」

強い方の男の声がする。
「でも、それしかないんです」
弱々しい男の声がする。
「これっぽっちで、洗濯代が出ると思ってるのかよ——」
語調の強い言い方であった。
酒の入っている声である。
「なあ？」
男が誰かに問うと、仲間らしいふたりの男の答える声があがった。
——そうですよ、黒井《くろい》さん。
——最近、クリーニング代はあがってるんだぜ。
志村は見た。
ひとりの男が、地面に膝を突いていた。
二十五歳ぐらいの、サラリーマンらしい男であった。
眼鏡《めがね》をかけていた。
その眼鏡の一方のグラスが割れていた。
顔に、何度か殴られた跡があった。
その前に、ひとりの男が立っていた。

背の高い男であった。

着ているのは、半袖のシャツであった。

そのシャツの胸の所が濡れていた。

近くの店のカウンターかどこかで、横に座っていた男にビールでもこぼされたといった染みであった。

おそらく、その染みを造ったのが、膝を突いている眼鏡の男なのであろう。独りで飲んでいたに違いない。

そのビールで汚されたシャツのクリーニング代を、今、請求《せいきゅう》されているらしい。

黒井が、眼鏡の男の胸ぐらをつかんで、引き起こした。

「さっきのサイフを出せよ」

男の顔の前に、自分の顔を近づけて言った。

「おれが出すわけにはいかねえからな。そうしたらどろぼうだ。おめえが自分で出すんだよ――」

低い声で言った。

眼鏡の男は、怯《おび》えに満ちた視線を、哀願するように周囲に向けた。

助けてくれと、その眼が言っていた。

しかし、むろん助けに入る者はいない。

志村は止まらなかった。

そのまま、真っ直《す》ぐに歩いてゆく。

遠巻きに眺めている何人かの人間を押しのけるようにして、ふたりの男の前に立った。

「何だ、おめえ？」

ふいに、眼の前に立った志村に気づいて、黒井が言った。

その手は、まだ眼鏡の男の胸ぐらをつかんでいる。

「このメガネの知り合いか？」

黒井は言った。

黒井は、眼鏡の男とは、いくらも年齢が変らないように見えた。

せいぜい、チンピラに毛の生えた程度の男である。

「どけよ」

志村は、短く言った。

低い声であった。

「なに!?」

黒井は、今、自分の耳が聴いた言葉を、信じられないと言った顔で、志村を見た。

「邪魔《じやま》だから、どけと言ってるんだよ」

志村がまた言った。

その時、ようやく黒井は、志村の眼の奥に潜んでいる獣の光に気がついた。
「てめえっ」
黒井が言った。
眼鏡の男の胸ぐらを離して、志村に向きなおった。
「どけよ」
同じ口調で志村が言った。
その時、黒井の右手が動いていた。
右の拳が、志村の頬に叩き込まれていた。
その拳を、志村は避けなかった。
鈍い音がした。
志村は、わずかに首を傾けただけであった。
黒井を見た。
その左の鼻の穴から、つうっと、赤い筋が滑り出てきた。
にっ、と志村が笑った。
ぞくりとする獣の笑みだ。
「いいかい、あんたが先に手を出したんだぜ……」
小さく囁いた。

囁いた時には、志村の右手が動いていた。
首の後ろに回ったその手が、襟首から見えていた木刀の柄を握っていた。
「いきゃっ！」
志村の唇から、怪鳥の声があがった。
その木刀を、引き抜きざま、黒井の脳天におもいきり打ち下ろしていた。
ずごっ、
鈍い音がした。
黒井の眼が、ぐっと大きく見開かれ、志村を睨んだ。
その眼が、くるりと裏返って白眼になった。
そのまま、声もあげずに仰向けに倒れた。
志村は、木刀を右手に握ったまま、また前に向かって歩き出した。
「このガキっ」
「何をしやがる!!」
後方から声がかかった。
無視をした。
そのまま倒れた黒井の身体の横を、同じスピードで歩き抜けてゆく。
志村の前方の人垣が、左右に割れた。

その割れた間に、ふたりの人間が走ってきて入り込んだ。志村に向きなおった。

「待ちやがれっ」

それでも志村は歩調を落とさなかった。

そのままふたりに向かって歩いた。

「糞っ」

ひとりの男が殴りかかってきた。

おそいパンチだった。

文平のパンチに比べれば、止まっているように見える。

しゅっ！

志村の木刀が疾った。

自分に向かって飛んでくるその拳を、木刀が宙で捕えていた。

ぐしっ、という鈍い音がした。

拳の中に、木刀が、その太さの半分ほどめり込んでいた。

「うげえええっ」

男がわめいた。

一方の手で、その拳の手首を握った。

男の拳が砕けていた。

「この馬鹿ガキ！」
もうひとりの男がわめいた。
右手を、ポケットの中に突っ込んで、引き抜いた。
引き抜いた男の握り拳の中から、鋭利な光を放つ金属が、音をたてて出現した。
ナイフであった。
「やるか、ガキっ」
男は言った。
言ったが、口だけであった。
向かってはこない。
無造作に、また、男に向かって志村が歩き出した。
「く、く——」
男が、歯をむいて喉の奥で声をあげた。
後方に退《さ》がった。
志村が前に出る。
男が横へのいた。
志村は、そのまま男の横を通り抜けた。
志村の歩くコースは、真っ直であった。

さっきから、少しもそのコースを変えてはいない。
志村が通り過ぎた時、いきなり、後方から声があがった。
「きいいいいいっ！」
ナイフを握った男が、声をあげて突きかかってきたのである。
振り向きざま、志村は、木刀を打ち下ろした。
ナイフを突き出してきた男の腕を、その木刀が叩いた。
ナイフを握った拳と、肘《ひじ》との中間に、木刀がぶちあたった。
肘と拳との間が、不気味な角度に曲がっていた。
男は、その曲がった腕を、歯をむき出して睨んでいた。
痛みよりも、その視覚的なものが、より強く男の脳を貫いた。
「て、て、手が、おれの――」
呻《うめ》いた。
膝を突いて、わめき出した。
志村は、その男のそばに突っ立ったまま、唖然《あぜん》としていた。
己れの強さにである。
これほど自分が強くなっていたのかと思う。
ケンカ慣れした三人の男を、無造作に打ちのめした自分の力が信じられなかった。

これほど強くなっていたのか、このおれは!?

むず痒《がゆ》いものが、背の中に生まれていた。

ぞくぞくとした。

背の肉の中に指を突っ込んでその痒いものをほじくり出したかった。

強くなった。

そう思った。

以前の自分であれば、もっと無茶苦茶な暴れ方をして、倍以上の時間がかかっていたはずであった。

もしかすると、手傷を負わされていたかもしれない。

しかし、この程度の人間が相手なら、まるで恐さを感じなかった。

思わず歓喜の笑みが浮きそうになる。

だが、笑みは浮かばなかった。

ひとりの男の顔を思い出したからである。

加倉文平の顔であった。

自分はこれほどの腕を持ちながら、あの文平に敗北したのである。

——これが強いことか。

と、志村は思った。

素人のヤクザをぶちのめして、ひとりで得意になってそれがどうだというのか。
志村は歯を噛んだ。
三人の男が、地面に転がり、あるいは膝を突き、声をあげていた。
眼鏡の男は、もう、とっくにどこかへ姿を消していた。
拳を砕かれた男が、凄い形相で、志村を睨んでいた。
「くうっ」
立ちあがった。
「ちいっ」
志村の中に、凶暴な獣が跳ねあがった。
木刀を持ちあげた。
打ちおろされかけたその木刀が、途中で止まっていた。
低い含み笑いを、志村は耳にしていた。
その笑い声が、志村の木刀を止めさせたのである。
背後から聴こえていた。
「もうやめとくんだな、坊や——」
その声が言った。
堅い、男の声であった。

「せ、せんせい……」

拳を砕かれた男が、声をあげて、志村の背後に眼をやった。

志村が、後方に向きなおった。

そこに、ひとりの男が立っていた。

長身の男であった。

志村とほとんど変わらない身長をしていた。

全身が黒ずくめの男だった。

黒い靴に、黒いズボンをはいていた。

ベルトも黒い。

着ているシャツまでが黒く、肌の色までが黒かった。

そのシャツも、首の第一ボタンをきっちりととめていた。袖のボタンも、手首の所でしっかりととまっている。

鉄のような男であった。

異様なものが、男の周囲にまとわりついていた。

癖のない髪が、耳まで隠している。

細い眼をしていた。

鉄の皮膚に、カミソリの刃で横に裂け目を入れたような眼であった。

鼻が高く尖っていた。

唇が薄く、頬の肉がごそりと削《そ》げ落ちている。

そこに突っ立っているだけで、その男の周囲の空間が、何か、異質な磁力を帯びて、歪《ゆが》んで見える。

その男が、坊やと志村に声をかけたのであった。

「小便をしている間に、もう金を巻きあげているかと思ったら、こんなことになっていたか——」

男が言った。

「せんせい、この、このガキが黒井さんを——」

拳を砕かれた男が言った。

「おまえが拳を砕かれたところから、見させてもらったよ」

男が言った。

視線を、志村に移した。

刃物の切先を、ぎらりと向けられたようであった。

「たいした坊やだな——」

つぶやいた。

「なんだ、おまえは？」

志村は言った。

「そこで転がっている男の所で、やっかいになってるんだよ。わかるかい?」

男が言った。

静かな言い方だった。

ことさら声を押し殺しているわけではなかった。

緊張も油断もしていない、あたりまえの声であった。

ただ、鉄のようにその声の質が堅い。

「わかる?」

「ああ」

「おれとやるってことだろう?」

志村が言った。

薄い唇が、小さい笑みを含んだ。

「そうだよ、坊や——」

男が言った。

笑みがもう消えている。

「いつでもかかってきなさい」

軽く両足を開いた。

三十歳くらいに見える男であった。
志村に、逃げる気はなかった。
こけ脅しの不気味さであろうと思った。
「ケガは、自分もちだぜ、おっさん」
鋭く言い放った。
「きなさい」
静かに男が言った時、志村の足は地を蹴っていた。
木刀を、握ったまま、男に向かって疾った。
男にぶつかる寸前に、志村の身体に、びくん、と電流が疾り抜けた。
背筋に、いきなり刃物を突っ込まれたような気がした。
びくんと、背をすくませて、志村は間合に入る寸前で立ち止まっていた。
強烈な寒気が全身を貫いた。
大きく後方に跳んでいた。
腰を落とし、木刀を握ったまま、構えた。
握った拳を、顎の高さに持ちあげ、拳と頬の間を浅く開いた。
拳ふたつ分だ。
額から、どっと汗が吹き出していた。

「ほう」
そこに突っ立っていた男が、また微笑した。
しかし、すぐにその微笑が消える。
志村は動かなかった。
「こないのか？」
男が訊いた。
志村は答えられなかった。
喉が、からからに渇いていた。
初めての体験であった。
闘う前から、完全に、この鉄の男に呑《の》まれてしまっているのである。
——逃げるか？
と、思う。
逃げるなら今のうちだ。
すぐ男に背を向けて走って逃げるのだ。
そう思った。
逃げようと、その行動を起こそうとした寸前に、すっと男が前に出てきた。
「逃げるのはいかんな」

男が言った。

「もう駄目だぞ。きみが逃げようとすれば、その背骨を突く」

無造作に男が言った。

志村は、逃げようとする寸前に、男に間合をつめられていた。

これで、逃げようと背を向けた途端に、男に無防備な背をさらすことになる。

「駄目だな。もう、おれと闘って勝つしか、坊やがここから歩いて帰る方法はない」

男が、その言葉を少しも誇張せずに言っていることが、志村にはわかった。

底の知れないものを秘めた男だった。

今、自分が強くなったと思ったばかりなのに、もうこんな男が自分の前に出現している。

「坊や、これだけのことをしたんだ。責任はとっていけよ」

男が言った。

志村は、動けなかった。

額に、背に、腹に、大量の汗が吹き出していた。

木刀を握った手が、汗でぬるぬるとしていた。

その手に、いくら力を込めても、まるで力が入ってないような気がしている。

木刀を握った指が、真っ白になっていることにも気づかず、志村はその手に力を込めていた。

「こないのか」
男が言った。
「じゃ、おれがゆこう」
すっと男が前に出た。
思わず、志村は後方へ退がりかけた。
——退がったら殺《や》られる。
そう思った。
歯を喰いしばって、そこに踏みとどまった。
逃げない。
そう思った。
——見ていろ、文平！
腹の中で叫んだ。
おれは逃げない。
逃げずに、前に進みながら、もう一度、おめえの前に立ってやるからな。
熱い炎のようなものが、志村の身体の前面を焼いていた。
——逃げてたまるか。
「嬉しいねえ、坊や。少しは楽しませてもらえそうだな——」

男が言った。
志村の呼吸が荒くなっていた。
全力で走った後のように喘《あえ》いでいた。
空気が足りなかった。
異様な圧力が眼の前を塞《ふさ》いでいる。
足が、身体が、全身が細かく震えだしていた。
——糞。
と、思った。
——糞。
——糞。
何故震えるのかと思った。
自分の身体がどうしてこんなに震えるのか。
それは、恐《こわ》いからだと志村は思った。
おれは、この男を恐がっているのだ。
この男に、叩きのめされるのが恐いのだ。
では、何故恐いのか？
それは、自分が、助かりたいと思っているからだ。

死にたくないと思っているからだ。
そう思った。
――ならば、死ね！
と思った。
死んでしまえ。
死ぬと思えば恐くないはずであった。
死ぬぞ！
心の中で叫んだ。
ここで死んでやる。
そう呻《うめ》いた。
しかし、それでも震えは止まらなかった。
助けてくれ！
と思った。
死にたくない。
そしてすぐにまた、死ね、と思う。
何を考えているのか自分でもわからない。
身体が動かない。

肉の中に堅いものが満ちていた。
その堅いものが、自分の動きを押さえているのだ。
糞！
と思う。
糞！
糞！
男が、すっと前に、また出ようとした瞬間であった。
志村の肉の中で、何かがぶっつりと音をたてて切れていた。
「あいいいいっ!!」
叫んだ。
喉が裂けたような声であった。
左の蹴りを放ち、男の顔面に向かって、おもいきり木刀を打ち下ろしていた。
次の瞬間、何がおこったのか、志村にはわからなかった。
打ち下ろしたはずの木刀が、大きく自分の手からはじき飛ばされていた。
たて続けにパンチをくらっていた。
顔面に拳が打ち込まれた。
鼻頭であった。

みしり、と骨の軋《きし》む音がした。
同時に、ボディにも攻撃を受けていた。
膝か、もうひとつの拳のはずであった。
しかし、それがわからない。
まるでわからない。
——強い。
と思った。
おそろしく強い。
文平よりも強かった。
自分や文平などより、その強さのレベルがケタ違いであった。
子供と大人であった。
両膝を突いていた。
つん、と鼻の奥が熱い。
「立ちなさい」
男の声がした。
志村は立ちあがろうとした。
しかし、曲がった膝がもどらない。

「くうっ」
膝で前に踏み出した。
右の拳を、男の股間目がけて打ち込んだ。
その拳を、男の膝が、外へはじき出した。
「ぬう」
頭で、男の股間に攻撃をかけた。
その顔面に、男の膝が跳ねあがってきた。
血みどろの顔が、仰向《あおむ》いた。
仰向いたその顔面に、また男の拳が真上から打ち下ろされた。
そのまま、地面に仰向けになった。
気持ち良いくらい、手を抜かない攻撃であった。
あの文平の攻撃には、まだ甘さがあったな。
ふとそんなことさえ思った。
仰向けになった途端に、顔を踏みつけられた。
凄い衝撃だった。
一瞬、頭蓋骨が、歪んだようであった。
アスファルトにあたっている後頭部が、ごりんと音をたてた。

——こうでなくちゃあ。
志村は思った。
——ケンカはこうでなくちゃあ。
倒れたからって殴るのをやめちゃいけないよな。
これがケンカだよな。
口の中に、堅いものがあった。
折れた歯で、あった。
それを大量の血と共に志村は吐き出した。
次は腹であった。
きれいに踵を打ち下ろされた。
血を吐き出したばかりの口の中に、苦いものがこみあげた。
胃液と、さっき飲んだ酒であった。
吐いた。
大量に吐いた。
次が胸であった。
ああ、肋骨が折れたな、と思う。
これだ、と、志村は思った。

顔面をパンチで殴っちゃいけないケンカじゃない。これがほんとのケンカなんだ。

男に打ちのめされながら、志村は思った。

この男から、この男から、ケンカを教わりたい。

おれの求めていたケンカはこれなんだ。

強くなりたい。

熱烈に思った。

「おい、あんた——」

志村は、言った。

意識がなくなる前に、この男の名を聴いておかなくては。

そうでなくては、この男から、ケンカを教わることができなくなってしまうじゃないか。

「頼む、あんたの名前を教えてくれ……」

やっとそれだけ言った志村の顔に、おもいきり、足が蹴り込まれた。

「久我重明《くがじゅうめい》——」

低い男の声が届いてきた。

それが、意識を失う前に志村が耳にした言葉であった。

志村は、そこに、楽々と仰向けになったまま、気を失った。

志村の血にまみれた唇が、かすかに微笑していた。

二章　阿《あ》修《しゅ》羅《ら》

1

小さなラーメン屋であった。

客が十人も入ればいっぱいになってしまう。どんなに詰めて座っても、テーブルとカウンターを合わせて十五人が限度の店だ。

それだけ入ると、ラーメンを食べる時には、両肘《ひじ》を両脇にすぼめたまま、箸《はし》を使わねばならない。

店には、熱気がこもっていた。

カウンターの向こうの親爺の額にも、客の額にも汗の玉が浮いている。

窓も入口も開け放し、二台の扇風機を回しているが、それではとても熱気を追いはらえそうになかった。

七月。

札幌である。

北海道には梅雨がない。

東京あたりは、まだ梅雨である。もう数日であけるはずの梅雨が、まだ本州には居座っている。

――夜。

窓から入ってくる夜気は、やはり涼しいが、たちまち店内の熱気にまぎれて、どこかへ消えてしまう。

人と、ラーメンを料理《つく》るための火の温度が、店内の熱気を生み出しているのである。

客の数は、十人ほどだ。

さっきから、客が入り、客が出てゆくが、だいたいそのくらいの人数が常に店内に、残っている。

夏だというのに、これだけの数の人間がラーメンを啜《すす》りにくるのは、この店のラーメンの味がよほどいいのであろう。

カウンターの奥の壁に、ラーメンの値段を記した紙に混ざり、プロレスのポスターが張ってある。

〝フジ・プロレス〟

と、ポスター下方に、赤く印刷された文字が入っている。

画面の中央に、大きくふたりのプロレスラーの写真が並んでいた。日本人レスラーと、金髪の外人レスラーである。

その日本人レスラーが、フジ・プロレスのエースであり、その金髪レスラーが、今回来日した外人レスラーの中ではトップであることが、そのポスターからわかる。

ポスターの上に会場と試合開催日を書いた紙が張られているが、その日付けが今日になっている。

時間は、夜の九時半であった。

札幌市内のどこで試合があったにしろ、もうとっくに試合は終っている時間であった。

そのポスターの横に、〝前売り券当店に有ります〟と、筆で朱書された白い紙が画ビョウでとめてあった。

店の奥のカウンターに、ひとりの男が座って、黙々とラーメンを食べていた。

身体の大きな男だった。

やや背を丸め、どんぶりを覗《のぞ》き込むようにしてラーメンを喰っているのだが、周囲の客よりも、頭ひとつとび抜けている。

カウンターの椅子も、他の客よりも大きく後方にずらしている。そうしないと、男の巨体が、カウンターと椅子の間に入らないのである。

肉の厚い男であった。

Tシャツを着ているのだが、その生地が中の肉に押されてぴんと張っている。

首が太かった。

頭部と同じくらいの太さがある。

やや大きめのどんぶりが、この男の手の中では小さく見える。

麺《めん》を食べ終えて、男は、どんぶりを右手に持った。そのどんぶりが、やや大ぶりの御飯茶碗くらいにしか見えなかった。

男は、巨体からは意外に思えるほど丁寧《ていねい》に、どんぶりの中に残った汁をすすった。

男が、どんぶりをカウンターの上に置いた。

男の顔が見えた。

まだ若い男であった。

象のように優しい眼をしていた。

しかし、その眼のどこかに暗い影がある。

陽に焼けた肌をしていた。

汗の玉の浮いた額に、短い髪がからんでいる。

「すみません」

その若い男は、左横に座っていた男に声をかけた。

どんぶりを置く時に、左肘を、その男にぶつけてしまったのだ。

白いシャツに、ネクタイをした男であった。

黒縁の眼鏡をかけていた。

ラーメンを喰いながら、隣りの連れの男と話し込んでいたその眼鏡の男は、身体の大きな男に視線を向け、

「でかいな、君は——」

短く言った。

素直な、賛嘆の響きがあった。

一瞬、眼鏡の奥で、その眼が少年の眼になった。

しかしすぐに、その男は、隣りの男と話の続きを始めた。

身体の大きな男は、もう横を向いてしまっている男に、ぺこりと頭を下げて、ジーパンのポケットに手を突っ込んだ。

二十歳ぐらいの男であった。

男が、カウンターの上に、千円札と小銭を置いた。

「三杯分だよ」

親爺が声をかけて、カウンターの上に眼をやった。

「あいよ」

眼で、そこに三杯分の金があるのを確認したらしく、親爺が手を伸ばしてその金をカウンターから取った。

大きな男は、また、ぺこりと頭を下げた。

大きな男——室戸《むろと》武志《たけし》であった。

低い男の声が聴こえたのは、武志が、立ちあがろうとした時であった。

「プロレスだぜ——」

その声が、店内にやけに大きく響いた。

店の入口に、ふたりの男が立っていた。

中に入ろうとして、そこに立ち止まったらしかった。

ひとりは、身体の大きな男だった。

一八〇センチを超えている。

身体つきもがっしりしていた。

素肌の上に、直接作業衣に似た上着をひっかけ、前のボタンをはずしている。袖がなかった。もともとはついていた両袖を、自分で切り落としてしまったらしい。

肩の付け根が見えている。

そこから、太くて逞《たくま》しい腕が生えていた。

みごとに陽に焼けた肌であった。

顎には、濃く不精髭が浮いていた。

もうひとりの男は、普通の身長であったが、しかし体格はやはり良かった。その男の格好も、大きな男のそれとあまり変らない。

夜もやっている、どこかの工事現場の休み時間に、ラーメンを食べに来たように見える。

だが、ふたりの顔が赤い。

どちらにも、ほどよいという以上の酒が入っているらしい。

仕事を済ませ、そのまま一杯ひっかけに出て、ここまで流れてきたのかもしれなかった。

〝プロレス〟

と声をかけたのは、小さい方の男であった。

「本当だぜ、キー公、プロレスじゃねえか」

大きい男が言った。

〝キー公〟と呼ばれた小さな男よりも、大きな男の方が歳上らしい。

大きな男の方が三十歳くらいに、キー公の方が、二十六〜七歳に見える。

「ヤッさん、今日はプロレスが来てたんだよ」

キー公が、大きな男に声をかけた。

店の中へ入ってきた。

「そうだったな」

ヤッさんと呼ばれた大きな男が、キー公に続いた。
ふたりは、もう、武志のことを忘れたらしかった。
眼で、空いた席を捜している。
ふたり並んで座れる席がないのだ。
武志が立ちあがった。
ぬうっという感じであった。
まるで、羆《ヒグマ》がのっそり立ちあがったように見える。
大きい者によくある、心もち背を丸めているような印象はない。
背は、真っ直に伸びている。
惚《ほ》れぼれとするほど大きい。
背が高いとか、太っているとか、そういうレベルではなかった。
単純に、みごとに大きいのだ。
肉が締まっていて、そして厚い。
一九〇センチくらいは身長がありそうであった。
ヤッさんの眼が、武志に止まっていた。
一度は忘れたはずの武志のことを、ヤッさんは思い出したらしかった。
「なんだ、ふたつ空いてるじゃねえか」

キー公が言った。

一番奥に座っていた武志のむこうに、もうひとつ空いた椅子があったのだ。武志の身体が大きいため、もう奥には誰も座れないように見えたのだ。

武志が立ったことにより、ふたり並んで座れる場所ができたことになる。

武志が、ヤッさんの横を通り過ぎようとした時、ヤッさんが声をかけた。

「お兄ちゃん、プロレスだろう？」

酒臭い息を吐いて言った。

「いえ」

短く答えて歩き出そうとすると、武志の前にまたヤッさんが立った。

「隠すこたあねえよ。いくらお芝居だからって、ちゃんとした職業なんだからよ」

「ぼく、違います」

武志の眼に、困ったという表情が浮かんでいた。

ただでさえ狭い店である。

大きな人間がふたり、混み合った店内ですれちがうためには、互いに身体をよけ合わなければならない。

ヤッさんは、そこに突っ立ったままだ。

武志を見ている。

やっと、ヤッさんは、武志の眼に残っている、少年の面影に気がついたようであった。

「そうか、まだリングにもあがったことがねえんだろう?」

ヤッさんは自分でうなずいた。

「八百長《やおちょう》を教わってねえんじゃ、まだ試合には出れないよな」

酒臭い息が、武志の顔にぶつかった。

「お客さん、すいません、通してやって下さいよ」

ラーメン屋の親爺が言った。

その声が耳に入ったのかどうか、男は、まだ武志の前に立ったままだ。

「八百長をやって、銭が取れて、みんなに喜ばれるんじゃ、いい商売だよ」

「地道に働けよ、若いの」

キー公が、ヤッさんの背後から声をかけてきた。

「そのお客さんは、プロレスとは関係ありませんよ」

親爺が言う。

しかし、ふたりはまるで聴いていない。

「出て行きたいんなら、触ったら倒れて下さいとおれに頼んでみるんだな」

しつこい男たちであった。

広い海に取り残されたように、武志は遠い出口に眼をやった。

そこに、もう、二〜三人の客が立っている。

「出て行ってもらえるかい」

親爺が声の調子を変えていた。

「プロレスが嫌いなら嫌いでいいんだがね、わざわざこの店でそんな話をすることたあないだろう」

迫力のある声であった。

さすがに、男たちが親爺の方を向いた。

「あんた、ここの親爺さんは、もとレスラーだったんだぜ。本人は、あんた以上にプロレスを嫌いらしいんだけどね」

ヤッさんに、小さく声をかけたのは、黒縁の眼鏡をかけた、武志の横に座っていた男であった。

「木原《きはら》さん……」

親爺が、困ったような顔をした。

ふたりの男が、むっとした表情で、親爺と、木原と呼ばれた黒縁の眼鏡の男を見た。

武志は、その隙に、ヤッさんを押しのけるように、ヤッさんの横に身体をねじ込んでいた。

「おい——」

ヤッさんの声を背にしながら、武志は外に出ていた。

2

外の空気は気持ちがよかった。
ほっとして、武志は歩き出した。
すぐ近くに、大通り公園がある。
そこまで行って、今日のノルマを消化するつもりだった。
すでに、今日は一五キロ走っている。
残っているのは、ヒンズースクワットが七百回、プッシュアップが三百回である。
それが、武志が自分に課したノルマであった。
三年前よりも、その回数が増えている。
父親の室戸十三《じゅうぞう》が増やせと言ったのではない。
前は、走るのが一〇キロ。
ヒンズースクワットが五百回。
プッシュアップが二百回であった。
それを、自分の意志で増やしたのだ。
それが最低のメニューである。

日曜や、時間がとれた時には、もっと色々なことをやる。回数もさらに増える。

それが、辛いと思ったことは一度もない。

身体が、すでに慣れてしまっているのである。

父親の十三は、今、網走の刑務所に入っている。

殺人罪で入ったのだが、武志をかばってのことである。本来ならば、武志が少年院に入っているところだったのだ。

——親父。

歩きながら、武志は父親のことを思い出していた。

今、プロレスラーと男に言われたからである。

武志の父、室戸十三は、元、プロレスラーであった。その前には、相撲をやっていた。関《せき》脇《わけ》までなった力士であった。北ノ錦という醜名《しこな》であった。

その十三が、相撲にいや気が差して、プロレスに移ったのだ。そのプロレスも、十三はやめた。

話題造りのためにプロレスに入れられたようなものであった。

そのことがわかって、やめた。

新人の日本人レスラーとカードが組まれたのだが、そこでわざと負けろと、レスラーである社長に言われたのである。

十三は、本気で相手をぶちのめし、そのまま会社に辞表を書いた。

善《ぜん》さんが一緒だった。

善さんは、相撲の頃から十三と一緒で、角界から出る時も、善さんは十三と一緒に出た。

それで、十三は北海道に渡ったのである。

父の十三のことを考えているうちに、大通り公園に着いていた。

軽く身体をほぐす運動をした。

一日、身体を使う仕事をした後に、わざわざまた運動をするというのが、奇妙な気もした。

武志がやっているのは、運送会社のトラックの助手である。

荷の積み下ろしが主な仕事であった。

荷は、その日によって違う。

引っ越しの荷の時もあれば、セメントの粉の時もある。大豆の入った麻袋の時もあり、酒の時もある。

どれも力仕事である。

朝に一五キロ走り、その後に仕事に出、終ってから、スクワットとプッシュアップをこなす。

柔軟体操は朝も晩も、みっちり時間をかけてやる。

それだけで一日のほとんどが塞《ふさ》がってしまう。

今日は、引っ越しであった。

札幌から富良野《ふらの》まで、引っ越しの荷物を運んだのである。

だから帰りが遅くなった。

声がかかったのは、プッシュアップ——腕立て伏せに入った時であった。

腕立て伏せと言っても、普通の、両手で身体を上下させるだけのものではない。

両手を突き、まず、腰を高くあげる。

頭から、両手の間に潜り込むようにして、身体を沈めながら、上体を前に押し出すのだ。

胸を、地面にこすりつけるようにして上体を前に押し出せば、自然に、上体が反《そ》るかたちで身体が持ちあがる。また尻を持ちあげて同じ動作をする。

何回かに一度、上体に複雑な動きを付け加える。

脇の下と地面との間に、上体をねじりながら頭を潜り込ませるような運動をするのである。

その動きをしかけた時、

「おい」

背後から声がかかった。

「やっぱりプロレスじゃねえか」

さっき、ラーメン屋で会ったヤッさんの声だった。

武志は、その声を無視するように、動きを続けた。

「おい」

今度は、キー公の声であった。

かまわずに動こうとした瞬間に、どん、と腰を蹴られていた。

蹴られたというよりは、突き転がされたという感じである。

武志の身体が、横に転がっていた。

膝を突き、ゆっくり立ちあがった。

眼の前に、ヤッさんとキー公が立っていた。

外燈の灯りと、街の灯りが、ふたりを夜の闇の中に浮きあがらせていた。

公園の横を、車が走り抜けてゆく。

車のヘッドライトの灯りが、時折り、公園の闇を、横に薙《な》いでゆく。

「おめえのおかげでよ、ラーメンを喰わずにあの店を出てきちまったよ」

キー公が言って、唾を吐いた。

「糞親爺め」

ヤッさんが言った。

「失礼します」

言って、武志はぺこりと頭を下げた。

頭を上げた時、いきなりTシャツの胸ぐらをつかまれていた。

がつん、
と、鼻頭にぶつかってきたものがあった。

ヤッさんの頭だった。

凄い衝撃だった、手加減がない。

後方に退がろうとしたが、退がれない。

左足の甲を踏まれていた。

二発、頭突きをくらっていた。

至近距離の闘いでは、最も効果的な武器であった。

三発目を、左手でブロックした。

いや、ブロックと呼べるような技ではない。相手の頭と自分の顔との間に手を入れただけである。

武志は、仰向けに倒れていた。

鼻の奥がきな臭い。

舌の奥にも、唇にも、血の味がした。

「いいのかよ、ヤッさん。相手はレスラーだぜ——」

キー公が、ヤッさんの肩を突いた。

「レスラーだからいいんだ。レスラーが市民を殴りゃ、ブタ箱だ。おれたちがレスラーをぶん殴るのは、ただのケンカだぜ――」

赤い顔で、ヤッさんが言った。

「そうじゃねえよ、レスラーが本気になったら、やばいんじゃねえのかい」

キー公は、上から武志を覗き見た。

「ばか。ケンカは先手だよ。相手がレスラーだってな。見ろ、こいつ、ぶっ倒れてるじゃねえか。だいたい、八百長の試合なんか、何回やったって強くならねえんだよ。おれは、柔道をやってたからな、よくわかるんだ――」

ヤッさんが言った時、むっくりと武志が起きあがった。

ふたりを見た。

鼻と唇から血を流している。

小さく頭を下げた。

服の泥をはらって、歩き出そうとした。

一瞬、呆然として武志を眺めていたヤッさんの顔が赤くなった。

酒ではない、別の原因がヤッさんの顔に血を登らせたのである。

「このガキっ」

いきなり、ヤッさんが右のストレートを打ち込んできた。

それが、武志の左頰に当った。

ごつん、と骨まで届く一撃だった。

組まれていた。

組まれた途端に、武志の身体は宙に浮かされ、斜めにされていた。凄い腕力であった。

ヤッさんの腰の上に、武志の体重が乗っていた。そのまま武志の身体が回転した。

——腰車。

しかし、ヤッさんは、手を放さなかった。

倒れてゆく武志の上に、そのまま自分の体重を乗せた。

背から、武志は地面に落ちた。

ふたり分の体重が乗っている。

たとえ畳の上であっても、常人ならば、しばらくは起きあがれない。しかも、ここは畳ではなく地面の上である。

「ざまあみやがれ——」

ヤッさんが、起きあがりながら言った。

「だらしがねえんだな」

キー公が言った。

——と。

また、むっくりと武志が起きあがろうとした。

その途端に、蹴られた。

ヤッさんの靴の爪先が、頭に向かって飛んできた。

それを、武志は肩で受けた。

その途端に、正面から胸を蹴られていた。

キー公が蹴ったのだ。

また武志は仰向けになった。

暗い天が見えた。

すぐ上に、葉桜が揺れていた。

その向こうに、灯りの点《つ》いたビルが見え、そのさらに向こうに、星のちらほら見える天がある。

風があるらしく、ちぎれた雲が、どこへゆくのか、暗い天を動いていた。

——いい空だな。

武志は想った。

このまま眠ってしまってもいい気分だった。

地面がひんやりとしていて気持ちがいい。

ゆっくりと、上半身を起こした。

「てめえっ」

正面に、ヤッさんと、キー公が立っていた。
怒っていた。
何故、彼等が怒るのか、武志にはそれがわからなかった。
いや、わかるような気もする。
自分が、だらしなく逃げまわって、許してくれと言うのを、彼等は見たいのだ。
しかし、そこまではできない。
自分にできるのは、抵抗しないことくらいである。
逆に、許してくれと土下座をすれば、もっとひどいことをしてくるかもしれなかった。
困った顔で、武志はふたりの男を見た。
ヤッさんと、キー公が、本気になって眼をぎらつかせていた。
心の中に不安が生じているのである。
その不安が、彼等を本気にさせているのであった。
「おい、困るなあ」
その時、横手の方角から声が聴こえてきた。
武志はそちらに眼をやった。
ヤッさんとキー公も、そちらに眼をやった。
そこにふたりの男が立っていた。

ひとりは、ラーメン屋で、武志の横に座っていた、黒縁の眼鏡の男であった。

ラーメン屋の親爺に木原と呼ばれた、シャツに、ネクタイ姿の男だ。

その横に、もうひとりの男が立っていた。

ネクタイの男——木原よりも、こうして立ってみると、大きい。

木原も、小さな男ではない。

一七五センチはある。

その木原よりも、その男の方が大きい。

胸の前を大きく開いたシャツを着ていた。

その肉の下で、ぱんぱんに肉が張っているのがわかる。

二十六〜七歳に見える。

木原の方は、四十歳前後というところだ。

「なんだ、あんた?」

ヤッさんが言った。

さっき、この木原が、ラーメン屋の親爺がもとレスラーだというのを教えたのである。

「いや、あんたに言ってるんじゃなくてね、そちらの大きい坊やに言ってるんだ」

武志は、わけがわからなかった。

「その人は、坊やのことをレスラーだと思ってる。だから困るのさ。坊やがその人にやられっ放しだとね」

「おれが？」

「その人は、きっと後で他人《ひと》に言うからね。おれは、おれよりでかいレスラーをぶちのめしてやった。プロレスラーなんて弱い。だから、プロレスの試合は八百長なんだってね――」

「誰だよ、あんた？」

ヤッさんが言った。

「誰でもいいじゃないか――」

「プロレスの人間か」

「そんなとこさ」

「このガキはてめえのとこの者《もん》か」

「くどいな。そこの坊やはプロレスとは関係がない」

木原が言った。

落ち着いた声であった。

もうひとりの男の方は、ズボンのポケットに手を突っ込んだまま、黙ってそこに立っているだけであった。

「そのかわり、こっちの方は、本物だよ」

木原が、ポケットに手を突っ込んでいる男を、視線で示した。

「レスラーか？」

ヤッさんが言った。

自分よりも、やや小柄なその男を見た。

その男は、静かにヤッさんを見ていた。

くりっとした小さな眼をしていた。

鼻が潰《つぶ》れてひしゃげている。

髪の毛は短く、坊主頭に近い。

愛敬さえある顔つきであった。

「あんた、本物とやりたければ、相手をしてやってもいいよ」

木原が言った。

「なに!?」

「契約書を書いてくれればね」

「――――」

「ケガをしてももんくは言いませんてね。いつでもそうすることにしてるんだ。あとでがたがた言うやつがいるんでね――」

「木原さん……」

初めて、男が口を開いた。

口の滑りすぎる木原をたしなめるような口調だった。

「こいつがレスラーか？」

ヤッさんが言った。

まだ半分は疑っている。

「よっぽどの好き者じゃなきゃ、名前も顔も知らないよ。年に、テレビに出るのは、二度くらいだからね。前座をやってるんだ」

木原が言った。

「前座かい」

ヤッさんの顔に、馬鹿にしたような表情が生まれた。

男を睨んだ。

男は、ポケットに手を入れたまま、急に、おどおどと視線をそらせた。

男の眼光に押されたようであった。

ヤッさんの顔に、喜悦の色が浮いた。

「前座のレスラーなんか、恐くはねえよ」

「やってみるかい」

言っているのは木原である。

「そっちは契約書を書かねえのかよ」

「道場なら紙もペンもあるんだが、ここにはなくてね。どうしようかな」

「けっ」

ヤッさんが大量の唾を吐いた。

「いらねえよ、そんなもん」

「まあ、なければないなりのやり方はあるからな」

木原は、つぶやいた。

男の方を見た。

「内藤《ないとう》、聴いた通りだ。相手をしろ――」

「やるんですか」

内藤と呼ばれた男は、ポケットから手を出して、木原を見た。

「そっちから言い出したんだ。やりたくねえんなら、土下座して謝んな。そうすれば許してやるぜ」

ヤッさんが、もう、腰を落としている。

武志は立ちあがっていた。

内藤と、ヤッさんを見ていた。

「おれに土下座をさせるなよ」

木原が言った。

内藤は、おずおずと前に出た。

必要以上に腰を引いて構えた。

その途端に、ヤッさんが前に出た。

右のストレートを放った。

ごん、
と、その拳が内藤の頬を叩いた。

組んでいた。

ヤッさんが、内藤の身体の内側に腰を入れ投げようとした。

その瞬間であった。

武志には、その一瞬、ぎらりと内藤の眼が光ったように見えた。

体勢を低くしたヤッさんの巨体が、そのまま顔面から地面に落ちていた。

投げ飛ばされる予定であった内藤が、半身になって、うつぶせになったヤッさんの背に上半身を乗せていた。

「あいいいいいっ!」

けたたましい悲鳴があがった。

ヤッさんがその唇から洩《も》らしたものだ。

ヤッさんの左腕が、一本の棒になって、高く後方の天に向かって持ちあげられていた。

ヤッさんの上に乗った内藤は、右脇でヤッさんの肩から先の腕を抱え込み、左手でヤッさんの左手首を握っていた。

その握った左手首を、無造作に上に押しあげている。

いくらも力は入っていないように見えた。

ヤッさんが、肩と左腕の逆関節を極《き》められていた。

内藤がどうからみ、どう動いたのか、武志にはわからなかった。

投げようとしたヤッさんの身体が、急にすとんと地に沈んで、その時にはもう、この型に入っていた。

鮮《あざ》やかな手並みであった。

「野郎！」

キー公が、吠《ほ》えた。

「動くなよ」

言ったのは木原であった。

「動くとその男の関節がいかれちまうよ」

キー公が動くのをやめた。

「ヤッさん」

声をかけた。

しかし、ヤッさんは答えられない。

さかんに痛いと声をあげているだけである。

今、自分の身に襲いかかっている単純な痛みが、ヤッさんの全てであるらしかった。

まさに、ヤッさんの身を襲っているのは激痛であった。

事故か何かで、一瞬にして腕や足の骨が折れるという痛みではない。それとほぼ等質の痛みが、持続して肉体を襲っているのである。

「よかったなあ、おい」

木原が言った。

「契約書を書かなくてさ」

しかし、ヤッさんはそれに答えられない。

歯をむいて、額に脂汗を浮かべている。

呼吸さえ、楽ではないようだった。

「書いてたら、今頃は折れてるよ」

こわいことを、言ってのけた。

「レスラーと言ったって、おれたちみたいに優しい人間ばかりじゃないからな、気をつけた方がいい」

だが、ヤッさんはうなずくことすらできない。

肩から腕が、信じられないほどの角度で上へ持ちあげられているのである。人間の関節に、これほどの弾力があるのかと思えるほどだ。

「あと何ミリかで、折れるよ」

木原が言った。

「普通ならば折る。銭をはらってでも折るんだ。それで医者に連れて行って診断書をもらうんだ。そうしないと、あとで何を言われるかわからないからね。プロレスの誰それと引き分けただの、たいしたことはないだのと、悲鳴をあげていたやつが、平気でそんなことを言うんだ。だから折るんだよ。それがこっちのビジネスだからね。お客さんだって喜ぶ。やっぱりレスラーは強いってね。営業的には、やられた、折られたと、あんたが大声で騒げば騒ぐほど、ありがたいのさ。いい宣伝になる——」

平気で色々なことを言った。

「いいかい。先に殴ったのはあんただ。内藤の顔には傷が残っている。今、ここでやめれば、あんたの身体のどこにも傷は残らない。あんたの方は、そこの坊やをいじめてるしね、どこへ駆け込んだって、あんたの方が不利だ。こっちが折らない限りはね——」

木原が言う。

その顔を、内藤が見あげた。

「もう、いいスか」

内藤が、くるりとした眼を向けて、言った。

「ああ」

木原が言うと、内藤が、極めていた腕を解いた。

倒れたまま、ヤッさんは動けない。

呻いているだけだ。

キー公が、ヤッさんに駆け寄った。

しかし、もう、木原も内藤も、ふたりを見てはいなかった。

武志を見ていた。

ゆっくりと、武志に向かって歩いてきた。

「どうも」

眼の前にふたりが立った時、ぺこりと、武志が頭を下げた。

「もう、止まってるじゃないか」

木原が言った。

「止まってる?」

「血だよ」

木原は楽しそうに言った。

武志の顔は、ひどい面相になっていた。

血は止まりはしたが、その血が鼻から唇にかけて、まだねっとりとからんでいる。

木原は、そんな顔は見慣れているらしかった。

「見ていたよ」

木原が言った。

「何をですか」

「今のを、最初からさ」

「最初からって――」

「プッシュアップからだよ。かなりやるじゃないか」

「――」

「後をつけたんだよ。坊やに興味があってね。そうしたら、あのふたりも坊やの後をつけていてね、こちらより先に坊やにちょっかいをかけたんだ。おもしろそうだから、見させてもらった――」

「今のがですか」

「ああ、おもしろかった」

「そうですか」

「何故、きみは抵抗しなかったんだ？」

木原が訊いた。

武志は答えずに黙った。

「きみの方が、あんな男などより、ずっと強いはずだ。誰かが見ているというわけでもないのに——」

「——」

「ケンカは嫌いか」

木原が言うと、武志はうなずいた。

「はい」

「致命的だなあ、これは——」

木原が、苦笑いをして、頭を掻《か》いた。

「何がですか」

「ケンカが嫌いということが、レスラーにとってだよ」

「そうなんですか」

「なあ、内藤、おまえは好きだろう?」

「ケンカですか」

「おう」

「嫌いス」

「ばか、本当のことを言えよ。気に入らねえ野郎をぶん殴るのは好きだろうが」

「好きス」

内藤が答えた。

「これだよ」

木原は笑った。

つられて、武志が小さく微笑した。

象の眼になった。

いい笑顔だった。

「いい顔で笑うなあ、坊やは」

「そうですか」

「うん」

木原は言って、後方を見た。

もう、ふたりの男は、そこから立ち去っていた。

武志を見る。

「あの時、わざと倒れたろう」

木原が言った。

「あの時？」

「最初に頭突きを入れられた時だよ」

「はい」

「どうしてだ？」

「その方が早く終ると思ったからです」

「しかし、二発受けた。二発目はよけられたんじゃないのか？」

「一発で倒れるのは、不自然じゃないかと思って——」

武志が言うと、木原が笑い出した。

「こいつは大物だな、坊やは——」

「でも——」

武志は言った。

「なんだ」

木原が言った。

武志は内藤を見た。

「なんで、最初にわざと殴られたんですか」

言うと、内藤が、にっと笑った。

「さっき言ったろう。正当防衛という、実績を造るためだよ——」

答えたのは木原であった。

「こいつは、ずるくてよ——」

木原が、楽しそうに内藤を見ながら言った。

「ずるい？」

「ああ。あんまり強そうにしてると、大好きなケンカができねえもんだからよ、相手を見て、気が弱そうに眼をそらせたりするんだ。人一倍気が強いくせに、ヘタなそういう芝居をするんだよ——」

木原は、内藤から視線をもどし、武志に歩み寄ると、拳で、どんと武志の胸を叩いた。

「もったいないなあ、この身体で、ケンカが嫌いかよ——」

「はい」

「しかし、腹が立つ時はないか」

「あります」

「人をぶん殴ってみたい時は？」

木原の訊き方は率直である。

「あります」

「なんだ。素質があるじゃねえか」

「あるんですか？」

「あるとも。さっきはどうなんだ。腹は立たなかったのか？」

「立ちました」

「だったら、どうしてやらねえんだ」

「嫌いですから」

「ケンカがか」

「ええ――」

言って、武志は口ごもった。

「それに、おれが何かすると、相手の人が――」

「可哀そうだってのか――」

「そうです。ぶっこわれてしまいそうで」

「相手がか――」

「はい」

「さっきも、自分が何かすると、相手が壊れちまうって、そう思って無抵抗だったのか」

「はい」

「凄い自信だな、坊や――」

言いながら、木原は、武志の眼の中を覗き込んだ。

「おめえ……」

その眼の中に、昏《くら》い光がひそんでいることに、その時、ようやく木原は気がついたらしかった。

「――坊や、あんた、誰かをぶっこわしたことがあるな」

武志は答えなかった。

肯定も否定もしなかった。

「ふうん」

木原がうなずいた。

武志の沈黙から、何事か納得するものを見てとったらしい。

武志が、人をこわしたのは、二年前の冬であった。

父の室戸十三の友人、北浜善之助《きたはまぜんのすけ》が死んだ年である。

十三が惚れた女がいた。

和江《かずえ》という水商売の女であった。

和江には、ヒモの男がいた。奥村義雄《おくむらよしお》という残忍な男であった。

札幌のその男の元から逃げ出して、旭川にやってきて、十三と知り合った。

そのことが、奥村にわかり、和江は無理に札幌へ連れもどされた。その時、現場に居合わせた北浜が、刃物で刺されたのだ。

十三は、和江を捜しに札幌へ出かけた。

その間に、刺された傷が元で、北浜が死んだ。

武志は、北浜の死んだことを父の十三に伝えねばならなかった。しかし、十三の居場所がわからない。

とにかく、旭川から札幌に出た。

そのおりに、武志は、ひとりの不思議な男と出会っている。

それが、羽柴彦六であった。

十三は見つからずに、武志はひとりで旭川にもどった。

その後に、彦六が、再会している和江と十三を見つけて、わざわざ旭川までやってきた。

しかし、そのことを知った奥村もまた、女を連れもどしに旭川までやってきた。

寒い吹雪の日であった。

その光景を、武志はまだ覚えている。

血にまみれたナイフを握った奥村が、眼の前に立っていた。

全裸の和江が、血にまみれて倒れていた。

その横に、父の十三がうずくまっていた。

彦六も居た。

何が起こったのか——。

細かいことはわからない。しかし、ひとつだけはっきりしていることがあった。

この奥村が、北浜を殺したのだ。

この奥村が女を追ってやってきて、この修羅場《しゅらば》を造ったのだ。

よく、殴られた父であった。

十三は本気で武志をぶん殴った。

何度も殴られた。

しかし、武志は十三が好きであった。

その父が、倒れている。

腹の下から、赤い血が這《は》い出ている。

この奥村がやったのだ。

生まれて初めて、武志は怒りに身を包まれていた。憎悪が噴きあげた。

何故、自分がこれまで肉体を鍛えぬかれてきたのか、それはこの時のためだとさえ思った。

殺意さえ抱いた。

生まれて初めて、拳を人に向けて打ち込んだ。

打ち込んだのはその時が一度だけだ。

しかし、渾身《こんしん》の力を込めた一撃であった。

カウンターであった。

その拳がおもいきり奥村の顔面を打ち抜いた。

倒れた拍子に、奥村は、自分の握ったナイフで、自分の胸を刺していた。

死ぬ寸前であった。

その時、十三が腹を押さえて上半身を起こした。

奥村を見、その肉体がすでに死を待つばかりの状態であることを、瞬時に十三は見てとった。

奥村を殴ったのは息子の武志である。

そのはずみで、ナイフが奥村の胸に潜り込んだ。

奥村は人殺しだ。

極道である。

ナイフを握っていた。

しかし、ここで奥村が死ねば、武志が奥村を殺したも同じだ。法が武志を許しても、武志は自分を許すまい。

人を殺したという負い目を一生背負ってゆくことになる。

そして――

十三は、自ら、奥村の胸に潜り込んでいるナイフの柄に手をかけて、さらに奥に押し込んだのである。

凄まじい男であった。

武志が、人をこわしたのは、その時が最初で最後であった。

その時から、三年の歳月が経っている。

武志は、ふと、彦六の顔を思い出していた。

東京へ出るようなことがあれば、連絡をよこせと、電話番号を書いていったメモが、まだアパートにある。東京ではなく、神奈川県の電話番号である。彦六の知人の鳴海という男の電話番号であった。

「何があったかは知らないがな、坊や――」

木原が言った。

「あんたのその身体は、財産だぜ」

ぽん、とまた武志の胸を叩いた。

〝おめえのその身体を、無駄にさせるわけにゃいかねえんだよ――〟

血の涙を流しながら、そう言った父の顔が浮かんだ。

〝親父があいつにくれてやれるのは、丈夫な身体だけだ〟

そんなことを父の十三が言っていたと教えてくれたのは、彦六であった。

〝ぶん殴られるのが怖い人間にさせたくなかった〟

だから、泣きながらでもぶん殴ったのだという。

武志がよく逃げ出さなかったな、と問うた彦六に、あいつは逃げださない、と十三は答え、どうしてそれがわかるのかと彦六が訊くと、

〝おれは、あいつが好きだからな〟

父の十三はぽつりとそう言ったという。

「坊や、何か目的はあるのかい？」

木原が言った。

「目的？」

武志が訊いた。

「笑うなよ、おい」

木原はそう言って、

「生きる目的だよ」

武志を見た。

武志は答えない。

「坊やは、何かスポーツでもやってるのかい」

「いえ」

武志は答えた。

「じゃ、さっきのプッシュアップはどういう意味なんだ」

「意味？」

「毎日やってんだろう。プッシュアップだけじゃなくて、他にもよ。そうでなきゃ、こんな身体ができるわけはない。見ればわかるさ。どれだけ自分の身体をいじめれば、これだけの身体ができるのかは。しかし、何に使うための身体なんだ、これはよ——」

「——」

「坊や、いくつだ」

「二十歳です」

「もったいないな」

木原が言った。

「もったいない？」

「その身体だよ。今のきみにはわからんだろうがな——」

「——」

「老いてゆくぞ、人の身体は。二十四〜五で、もうその老いが始まるんだ」

「老いる？」

「そうだ。それだけの身体を持ちながら、それだけの身体を何にも使わずに老いさせてゆくのは、たまらないな。老いれば、いやでも、どんなに鍛えた肉体でも、おとろえてゆく。おれはねえ、身体が小さいために、プロレスをできなかったんだ。いやというほど身体を鍛えたあげくにな——」

「——」

「もう少し才能があれば、軽量クラスでもやれたろうが、才能がなかった。それで今は背広組さ。そのおれからみれば、きみの身体というのは、くやしいほどうらやましい」

「――」

「うちの道場生より、肉体がもうできあがっている。背の高いやつだけならいる。体重の多いやつだけならいる。しかし、これだけできあがっている肉体を持っている人間はいない。力の強いやつだけならいる。できあがっているが、まだこれからというものを秘めている。素人はな、とかく、殴られ弱い。しかし、あんたはそうじゃない。レスラー並みの、打たれ強さがある。しかしな、おい――」

木原は武志を睨んだ。

「素人は、そこまでだ。ここまでなんだよ――」

ばん、とかなりの力を込めて、木原は武志の身体を叩いた。

「どうだ、坊や――」

木原は、やや顔を赤くして、武志を見た。

「ここで、うちの内藤とやってみないかい」

「何をですか？」

「身体の比べっこだよ。ぶつかりあって、ぶん殴り合って、投げあって、どっちが強いのかを比べるんだ」

「プロレスですか――」

「なんだっていいさ。やってみろよ。この内藤が、もうかんべんしてくれというまでな。どうだ」

武志は、内藤を見た。

内藤は、静かにそこに立って、両手をポケットに入れている。

武志を睨みもしなければ、眼をそらせもしなかった。

「でも……」

武志は口ごもった。

「まさかおめえ、内藤がぶっこわれちまうんじゃないかと考えてるんじゃないだろうな」

「――」

「プロの身体を、アマチュアが壊せるもんか。安心してやってみろ――」

「いえ、突然なもので、どうやったらいいのか。技も何も知りません」

「いいんだよ。噛みつくんでも何でもいい。やってみろ」

「でも――」

まだ、武志は困っている。

技も何もしらない、憎んでもいないし、嫌いでもなんでもない相手と、どうやって闘うのか。

「ぶつかってこいよ。受けてやるから――」

内藤が、ふいにつぶやいた。

両手をポケットから出し、右足を前に出して、浅く腰を引いた。

左足を大きく後方に引いた。

武志は内藤を見た。

上背で、一〇センチ近い差があった。

体重で、内藤が一〇五キロとして、武志は一三五キロある。三〇キロの差があることになる。

しかし、武志がまよっているのは、自分の方が大きいというそのことではない。

ぶつかって来いと言われても、どうやってぶつかっていいのかがわからないのだ。

困った。

そう思っている。

その時に、背を押されていた。

押したのは、木原である。

いきなりであった。

武志の身体が前に動いた。

木原の力が強かったためと、木原の力にさからおうという気持ちがなかったためである。

前に動いて、内藤の身体とぶつかった。

がちん、
と、音がした。
人と人との肉体がぶつかって、このような音がするのかというような音だ。
浅いぶつかり方である。
ぶつかった途端に、凄いパワーが、ぐっと武志をたたきつけてきた。
バランスを崩したのは、武志の方であった。
大げさでなく、石の壁にぶつかったようであった。
「ほら、もう一度だ」
木原が言った。
武志は、どうしていいかわからない。
木原を見た。
その瞬間に、がつんとひどく重いものがぶつかってきた。
大きく武志は後方にふっ飛んでいた。
「まだ内藤は、半分も力を出してないんだぞ」
木原が倒れた武志に声をかける。
武志は起きあがった。
起きあがった途端に、また飛ばされていた。

さっきよりも強い当りであった。
「どうして、でかいお前の方が飛ばされるかわかるか？」
木原が言った。
「内藤が、技を使っているからだよ。ぶつかるそれだけのことにも、技があるんだ」
武志は起きあがった。
また内藤がぶつかってきた。
武志は今度は力を込めた。それでも同じだった。また飛ばされた。
「バランスだ、坊や。バランスが悪いから飛ばされるんだ」
木原が言う。
武志は起きあがった。
また、内藤がぶつかってきた。
今度はやや余裕があった。
力を込めるだけでなく、体重を前にあずけて、身体を押し出した。
それでも倒された。
起きあがった。
またぶつかった。
また倒された。

また起きあがる。

武志に、熱がこもってきた。

自分からぶつかっていった。

がつん、
と、ふたつの肉体がぶつかった。

どちらも動かなかった。

内藤が、押し返さずに、きっちりと武志の身体を受けたのだ。

内藤がその気になっていれば、やはり武志は飛ばされていたろう。

後方に武志は退がろうとした。しかし、身体が動かない。

内藤の右手が、しっかりと、武志の後頭部——というより首の後ろあたりにまわされていた。

その手が、凄い力で武志を自分の方へ引き寄せようとしているのである。

レスリングの基本は、押す力よりも、この引く力である。

まるで、鋼鉄の腕にからめとられたようであった。

と。

ふいにその力が消えた。

内藤の身体が、下に沈んでいた。

内藤の両脚が、武志の脚をはさんでいた。

カニ挟みである。

前に、倒れた。

その時には、もう、内藤は起きあがっていた。

肘が、武志の背に落ちてきた。

体重の乗った肘であった。

内臓まで届いた。

「いいぜ、本気になってもよ」

内藤が、立ちあがって言った。

武志が立ちあがる。

いきなり腰を落として、地を蹴った。

ごしっ！

内藤の額と自分の額とがぶつかった。

胸と胸とがぶつかった。

どちらも動かなかった。

凄い、と、武志は思った。

かなりの力を込めて、自分はぶつかったのだ。しかし、そのパワーを、がっしりと内藤が受け止めているのである。

これまで、経験したことのないような凄い力が、身体を合わせている内藤の肉体から伝わってくる。しかし、それでも、自分の身体は動かない。

内藤が押してくるその力と同等の力を、自分の肉体が生み出しているからである。

凄い。

内藤の力がである。

自分の力がである。

これほどの力を自分が持っていたのかと思う。

ぐっと、武志の肉の中から、さらに力がふくれあがる。

内藤の肉の中にも、ぐっと、同質の力が生じていた。

「ぬうっ」

武志が、渾身《こんしん》の力を込めた。

「くうっ」

内藤が、やはり力を込めて、武志の力を受ける。

凄い。

武志は思う。

凄い。

凄い。
自分の肉体の中に生まれた力を、相手にぶつけるとはこういうことなのか。
不思議な、感動とも、悦《よろこ》びともつかないものが、自分の肉のうちに生じかけていた。
その瞬間、すっと、自分の肉体から重力の感覚が失せていた。
押していた力を利用され、大きく宙に跳ねあげられていたのである。
天と地とが入れかわっていた。
背中から地面に落ちた。
一瞬、呼吸ができなくなった。
空気を吐くことも、吸うこともできなかった。
自分の肺の中に、空気があるのかないのか、それもわからなかった。
その呼吸をさせてくれたのは、内藤であった。
内藤が、武志のボディに、膝を落としてきたのである。
塊りのような呼気を、武志は吐き出した。
ごう、と息を吸い込んだ。
手をついて起きあがる。
「どうだ、坊や——」
木原が言った。

「楽しいだろう?」
嬉々とした眼でふたりを見た。
「はい」
武志は答えた。
武志の唇に、微笑が浮いていた。
武志の巨体が、地を蹴って、軽々と動いていた。
内藤とぶつかった。
ぶつかった途端に、武志は内藤を両腕の中に抱えていた。
大きく上に持ちあげた。
技も糞もない。持ちあげて投げ捨てるだけであった。
投げた。
しかし、投げ飛ばせなかった。
内藤が、武志の胴に足をからめたからである。
もつれあって、地面に転がった。
転がった時には、腕を取られていた。
肩に、激痛が跳ねあがった。
左腕の、逆関節を極められていた。

さっき、ヤッさんがやられたのと同じ技であった。

「くううっ」

武志が悲鳴をあげた。

「そこまでだな」

木原が声をかけた。

内藤が、技を解いた。

内藤も、武志も、その途端に大きく息を吐き出した。

内藤が立ちあがり、武志が立ちあがった。

「なかなかやるじゃないか」

木原が言った。

呼吸を荒くしている武志の肩を叩いた。

「そうでしょうか」

「そうさ。特に、最後の動きはみごとだったよ。内藤が思わず関節技を使ったからな」

木原は、楽しそうに、内藤と武志を見やった。

「楽しかったろう？」

「これがおれだよ」

木原は、ポケットに手を突っこんで、一枚の名刺を差し出した。

武志が手に取って見ると、肩書きに、フジ・プロレス営業本部長とあり、その横に木原正之《きはらまさゆき》の名があった。

「すでに約束があってな。おれと内藤とは、そちらの方に顔を出さねばならないんだ」

「はい」

「目的が欲しくなったら、ここへ電話をしろよ――」

木原は言った。

「教えてやるよ。その身体の持っている目的をな」

そして、木原は背を向けた。

「来いよ――」

内藤が、低く声をかけ、木原の後に続いた。

武志は、そこに立ったまま、木原と内藤の後ろ姿を見ていた。

急に、木原がふり返った。

「坊や――」

立ち止まって、武志の顔を眺めた。

「名前を聴いてなかったな」

木原が言った。

青い桜の若葉が、三人の頭上の闇にうねっている。

すぐにその眼つきをもとにもどした。

木原は、何かを思い出そうとするように、ふっと遠い眼つきをし、すぐにその眼つきをもとにもどした。

「住所は聴かないよ。その気になったら、坊やの方からおいで――」

木原が言った。

武志は、ぺこりと頭を下げた。

木原と内藤が、また背を向けた。

歩き出した。

こんどは、立ち止まらなかった。

すぐにその姿が見えなくなった。

武志は、ふたりの消えた方向を眺めていた。

左肩に、まだ痛みが残っている。今かけられた関節技の痛みだ。

肩のその部分が火照《ほて》っている。

いやな火照りではなかった。

肉の中に、何か、甘いものが生まれていた。

自分のパワーを、生身でがっちりと受け止めてくれる相手がいたのだ。

不思議な喜びと、不満がある。
もっとやりたかった。
まだ残っているパワーが、自分の肉体から外に出たがっていた。
——何のための肉体か。
その問いに、自分の身体の方が、答えを出そうとしていた。
ぶるっと大きく、武志の身体が震えた。
その震えが、細かな震えとなって、残った。
止まらなかった。
どうしたのか。
武志は思う。
おれの身体はどうしてしまったのか。
武志の頭上で、葉桜が揺れる。
梢《こずえ》がうねる。
武志は、膝を折り、地面に両手を突いた。
やりかけたプッシュアップの残りを消化するためだ。
しきりとうねる青い葉桜の下で、武志の身体が、黙々と大きく上下し始めた。

三章　牙《きば》明《みょう》王《おう》

1

どっしりとした、重そうな体軀の男であった。
その男が、静かな岩のように、ソファーに身体を沈めていた。
五十代後半の、髪に白いものの混じる男であった。
厚みのある肉体を、白い道着に包んでいる。
道着の襟に、武林館と文字が入っている。
知的な風貌をしていた。
穏やかで、柔和な表情の男であった。
赤石文三である。
本部道場の二階にある、応接室であった。

派手さを極力押さえた、簡素な部屋であった。

床は、絨毯《じゆうたん》ではなく、板の間である。

壁に、〝武魂無限〟と筆で書かれた文字が、額に収められてかかっている。

黒々と、太い、伸びのある文字であった。

その額の下に、壁に寄せて、人の腰の高さほどの花台が置いてあり、そこに、花が活《い》けてあった。

凛《りん》と濃い紫色をした菖蒲《しようぶ》であった。

花びらにぴんと張りがある。

花はふたつだけ。あとは、鋭い反りのある刀を立てたような葉である。

水盤には、他に何もあしらってはいない。

しかし、それだけで、節度のある気品が、その空間にできあがっている。

飾りらしいものといえば、その部屋にはそれだけである。

文字は、赤石が書いたものであり、花も、赤石が活けたものであった。文字にも花の活け方にも、どこか共通したものがあった。

おそらく、誰かと拳を交えて闘う時にも、似たような闘い方を、この男はするのであろう。

部屋には、もうひとり、人間がいた。

黒い服に身を包んだ、長い髪をした男であった。

黒いシャツのボタンを、一番上まで止めている。袖のボタンもである。

鼻の高い、あさ黒い皮膚をした男だ。

眼が細い。

その肉体に、常人とは異質な磁力を有していた。

黒い、鉄のような男であった。

その男が、テーブルを挟んで、赤石と向きあうかたちに、ソファーに腰を下ろしている。

久我重明であった。

テーブルの上には、まだ湯気をたてている茶碗が、ふたつ乗っていた。

そこから、濃い新茶の香りが、部屋の空気に漂っている。

今しがた、運ばれてきたばかりのものである。

重明が、道場を訪ねてきたのは、十分ほど前であった。

ふいに、道場に顔を出し、名を告げて、赤石に会いたい、と言った。

「話がある」

出てきた赤石に重明は言った。

「何の話か――」

赤石が問うと、

「ふたりで話をしたい」

重明はそう答えた。

それで、赤石はこの部屋に重明を通したのであった。

部屋に入ったまま、重明は言葉を発しなかった。

ただ、細い眼で凝《じ》っと赤石を見つめているだけであった。

やがて、茶が運ばれてきた。

その時も、重明は黙っていた。

茶を運んできた者が出ていって、これまで二分近くの沈黙が続いていた。

「老いたな」

ぽつりと、重明が言った。

乾いた声であった。

「わたしがか――」

赤石が答えた。

重明がうなずいた。

「一時は無敵を誇っていた赤石文三も、歳には勝てないか」

「勝てぬな」

「ほっとしたよ。いささかがっかりもしたがな――」

「がっかり？」

「赤石文三をさっき見て、欲望が失せた」

「ほう。どんな欲望だ」

「この拳で、赤石文三を叩き潰すという欲望だ」

「こわいな」

「安心しろ、欲望は失せた」

「もう、わたしに魅力はないか」

「敵としてならな。前の赤石文三なら、殺しがいがあった」

ぞろりと言ってのけた。

赤石を見た。

「今日は、会ってから、もう三度は赤石文三を殺している」

「三度?」

「三度だ」

「重明、おまえは、人と会う時には、常にそのような会い方をしているのか」

「まあそうだ」

「――――」

「どうやれば、この男を倒せるのか。ここで襲ったら、この男はどう出るか。そう出た時にどう受けて、どう攻撃するか。どうすればこの男を殺せるか。まあ、そんなことを考えているよ――」

「それで三度か」

赤石は微笑した。

「羽柴彦六が来たそうだな」

その微笑に向かって、重明がふいに言った。

沈黙があった。

「用件はそれか」

やがて、赤石が言った。

「そうだ」

「思ったより早く、そちらに伝わったか――」

「何故、黙っていた」

「言う必要がないからだ」

「おれと約束をした」

「約束はせん」

「羽柴彦六が来たら、教えてくれと頼んだぞ。うなずいたのではなかったか――」

「きみが、彦六に会いたがっているということが、よくわかったと答えたのだ。老山先生のことは、耳にしていたからな――」

「――」

「きみの意向を彦六に伝え、彦六がうんと言えば、そちらに教えてもいいと、そういう約束であったはずだ。それに、きみがどこにいるのかわからなかった――」

「彦六には伝えたのか」

「伝えた」

「何と言っていた」

「こわい、こわい、よわったと」

「ほう」

「彼も、きみが会いたいということの意味はよくわかっているからな」

「逃げたか？」

「逃げた」

「そうか」

ぽつりと重明はつぶやいた。

「平気で逃げたな、あの男――」

赤石が言った。

「変った男らしいな」

「ああ」

「今は、いないのだろう？」

「いない。逃げたからな」

「どこだ？」

「わからん」

「――」

「わからないが、見当はつく。もっとも、そこにまだいるかどうかはわからないがね」

「教えてくれ」

「残念だが教えられない」

「萩尾流と武林館の仲でもか」

「萩尾流だから、嘘をつかずに、教えられないと正直に答えている。そうでなければ知らんと答えればすむ」

赤石は、重明を見た。

細い眼の奥から、針のような眼光が、赤石の眼を射た。

「羽柴彦六は、わたしの友人だ。その友人を敵と呼んでいる人間に、わたしは彼の居所をしゃべるわけにはいかない」

赤石が答えた途端、ぎりっ、と、重明の肉の中に堅いものが張りつめた。

「武林館も、萩尾流の敵にまわるか」

「そのつもりはない」

しばらく、ふたりが睨みあった。

「ま、いいか」

答えたのは重明であった。

ふたりの間にたわんでいた緊張がほどけた。

「おれには、兄ほど萩尾流をふりかざすつもりはないからな――」

「――」

「萩尾流の敵ではないが、おれの敵だな」

ぼそりと言った。

言った時には、重明の身体が動いていた。

右脚で、テーブルをおもいきり跳ねあげていた。

テーブルが、茶碗ごと、赤石に向かって飛んだ。

両肘で、赤石はそのテーブルを受けた。

一瞬、テーブルの陰に隠れて、重明の姿が見えなくなった。

「ぬ!?」

テーブルが下に落ちた。

その瞬間に、赤石の真横から、こめかみに向かって、しゅっ、と音をたてて飛んでくるものがあった。

重明の右足であった。

それも肘で受けた。

けたたましい音をたてて、テーブルが床に落ちた。

次は、真正面から重明の拳が飛んできた。

おそろしいスピードとタイミングであった。

赤石に立ちあがる隙をあたえなかった。

頭を後方に倒して、赤石は半立ちになった。

止まった拳から疾《はし》り出た風圧が、赤石の顔を叩いた。

そこで、赤石の動きが止まった。

右眼の先に、光る金属の先端が見えていた。

針の先であった。

赤石の顔前で止まった重明の拳の中から、一〇センチほど、金属光を放つ針が突き出ていた。

人差指と中指の付け根の間から、その針は突き出ていた。

——暗器《あんき》!?

武術家が、その身体のどこかに隠し持つ、隠し武器が、暗器である。

その拳が、すっと後方に引かれた。

——暗器の重明。

それが、この久我重明の異名であった。

「ここで、武林館の赤石文三に傷を負わせて、無事に帰れるなんて、おれも思ってはいないよ——」

重明が、にっ、と笑った。

拳から、もう針が消えている。

「失礼する」

重明が背を向けた。

その時、ドアが開いた。

「先生!」

数人の道場生がそこに立っていた。

「何でもない」

答えたのは赤石文三であった。

「わたしが立つ時にテーブルを倒しただけだ——」

男たちに向かって言った。

「失礼する」

言った重明の背に、赤石が声をかけた。

「重明――」

「なんだ」

重明が振り返った。

「考えがかわった」

「ほう」

重明の細い眼が、さらに細くなった。

「おまえと、羽柴彦六、どうしても会わせてみたくなった」

「それは助かるな」

「会う時にはぜひ、その場に立ち合いたいものだ」

「そういう機会がくるか？」

「彦六次第だな」

赤石が言った。

「そうか」

重明が答えて背を向けた。

「失礼する」

重明が足を踏み出すと、そこに立っている男たちが、脇へのいた。

その間を、悠々と重明が歩いてゆく。
人間凶器であった。

2

その男は、仰向《あおむ》けになって、天井を見あげていた。
六畳の、畳の部屋であった。
アパートの一室らしい。
玄関をあがった横に、小さな流しがあり、その横に、風呂とトイレがある。
畳は古く、変色して黄ばみ、表面がすり切れていた。
男は、その畳の上に、仰向けになって天井を眺めている。
男の頭の先が、窓である。
カーテンが閉まっていた。
カーテンの布越しに、外の灯りが部屋の中に入り込んでいる。
暗い光であった。
もう、夕刻が近いらしい。
薄暗い部屋の中に、車の音や、人の声などが、ぽつりぽつりと届いてくる。

やっと車が通れるくらいの路地に、このアパートは建っているらしい。聴こえてくる人の声は、近所の者どうしのものと思われる会話の断片である。

昔ながらの人間たちが住んでいる、下町といった雰囲気の通りらしかった。

男、というよりも、まだ少年であった。

十八歳くらいであろうか。

畳の上に仰向けになり、右手を頭の下に入れている。

昏《くら》い双眸《そうぼう》をしていた。

その眼に獣がひそんでいる。

——芥菊千代《あくたきくちよ》。

それが、この少年の名前であった。

菊千代は、全裸であった。

その菊千代の左肩に、女の頭が乗っていた。

やはり、女も、その身体に何もつけてはいない。

色の白い女であった。

すらりと長い脚を、菊千代の脚にからませていた。

女の首の下をくぐった菊千代の左手は、女の左の胸の上に乗っていた。

柔らかそうな白い胸であった。

ふたりの周囲の畳の上に、男女の服と下着が散っていた。

髪の長い女であった。

伊沢典子《いざわのりこ》——

それが女の名前である。

中学の時の、菊千代の同級生であった。

女は、眼を閉じて、菊千代の胸に、左腕をからませていた。

眠っているような顔であったが、眠ってはいない。

頬が、微かに赤い。

今しがた、自分の肉体に生じたものが、波がひくように、ゆっくり身体の奥に消えてゆくその余韻を、眼を閉じて味わっているらしかった。

女の腕が乗っているのは、厚い胸であった。

逞《たくま》しい。

菊千代の風貌からも、肉体からも、以前のひ弱さは消えていた。

それだけ見れば別人のようであったが、眼に昏さだけが残っている。

ぬぐってもぬぐえない、眼の奥に染《し》み込んでいる光であった。

「もう、時間？」

典子が唇を開いたのは、頬の赤みが去った時であった。

「ああ」

菊千代がつぶやく。

「早いわ、時間の経つのって――」

典子が言った。

「ああ」

またつぶやいて、菊千代は、自分の頭の下からゆっくり右手を引き抜いた。

時間――というのは、鳴海が自宅に帰ってくる時間である。

空手の練習が始まる時間である。

菊千代と鳴海の、ふたりだけの練習である。

菊千代が行かねば、鳴海の相手のパートナーがいない。

よほどのことがない限り、練習は休めない。

それに、練習はいやではなかった。

典子と一緒にいる時は、それはそれで楽しいが、練習の楽しさはまた別のものである。いや、楽しいというよりは、自分に合っているような気がする。

どんなにきつい練習も苦痛ではないのだ。

一番好きなのは、独りで黙々とサンドバッグを打っている時である。

典子が、頭を持ちあげた。

むっくりと菊千代は起きあがり、下着と服を身につけ始めた。
典子も、菊千代に背を向けて服を身につけた。
一緒に、アパートを出た。
菊千代は、鳴海の所へ向かうため、典子は家に帰るためである。
アスファルトの道を歩き出した。
真上の空は曇っているのに、西の空が明るかった。
そこの雲が割れて、久しぶりに見る空が覗《のぞ》いていた。
割れた空の周囲の雲に陽があたって、赤く染まっていた。
箱根の向こうに沈んでしまった陽が、まだそこに届いているのである。
もしかしたら、梅雨があけたのかもしれなかった。
「大学はどうするの？」
歩きながら、典子が菊千代に訊いた。
「わからない」
菊千代は答えた。
本当にわからなかった。
成績は、中の下である。
しかし、選ばなければ、どこかの大学に潜り込めるだろうとも思っている。

大学には興味はない。

だからどの大学でもよかった。

行かなくてもかまわない。

しかし、行かないなら、高校を卒業してどうするのか。

そのあてがあるわけでもない。

——空手。

その文字が菊千代の頭に浮かんでいる。

しかし、空手で生きてゆけるのか。

わからない。

しかし、どこかの大学の、空手部に入るつもりはない。

菊千代にとって、空手とは、鳴海の教えてくれる空手であり、それ以外のものではあり得なかった。

どう生きるのか。

そう思った時、ふと母親の麗子《れいこ》のことを思い出していた。

四年前に、ふいに姿を消した母親であった。

それから、一度も麗子とは会っていない。

連絡もない。

どこでどうしているのかもわからない。

凄まじい母親であった。

美しい刃のようであった。

菊千代が想い出す母親は、血にまみれていた。

顔にとび散った血をそのままに、両手に鉈《なた》を握った母親の姿だ。

〝独りよ！〟

そう叫びながら、血にまみれた手で握りしめた鉈を、何度も何度も何度も犬の首に叩き下ろしていた母親の姿だ。

他の姿は、あまり想い出さない。

こわい母親であった。

こわいが、菊千代は、母の麗子が好きであった。

四年経った今、そのことがわかる。

母親もまた、自分らしい方法で、菊千代を愛していたのだろう。しかし、麗子は、菊千代よりももっと、自分を愛していたのだ。

おそらくは、男と一緒に、どこかの土地へ行ったのだろうが、その男よりも、麗子は麗子自身を愛していたのだろう。

〝独りよ！〟

そう言って犬の首を鉈で切り落とした時の麗子の姿は、凄まじく美しかった。

きらきらと光るその眼に宿っていた狂気と同じ質のものが、自分の肉体の内部にも眠っているのだと、菊千代は思っている。

それが、今は、母親の麗子と自分との絆《きずな》なのだ。

分かれ道に来た。

典子も菊千代も、ジーンズにTシャツを着ている。

典子は手ぶらであった。

菊千代は、肩から道着をぶら下げている。

「じゃ」

そう言って菊千代は、典子と別れた。

独りになって歩きながら、菊千代は考えている。

さっきまで、自分の身体の下でうねっていた、典子の白い肉体のことをであった。

自分に、女がいるというそのことが、ひどく不思議であった。

3

波の音が、左側で鳴っていた。

素足の下に、砂の潰れる感触が、規則的に届いてくる。

菊千代は、砂浜を走っていた。

先を走っているのが、鳴海である。

かなりのいいペースであったが、呼吸は乱れていない。

砂浜の上を走るというのは、普通の堅い道を走る以上の体力が必要である。疲れる。疲れるが、その分だけ、筋力も持久力もつく。

夜だ。

潮風が、左から吹いている。

潮の香を濃く含んだ風であった。

夕刻まで真上にあった雲が、今は、きれいに消えていた。

月が出ていた。

久しぶりに見る、蒼《あお》い月であった。

後方を走る菊千代の鼻に、前を走る鳴海の汗の匂いが、薄く届いてくる。今、出たばかりの汗と、道着に染み込んだ汗の匂いである。

強い男であった。

外見は普通だ。

話し方もおだやかで、体格が人より優れている他は、この鳴海が空手の高段者であるようには見えない。

　普通で、強い。

　しかし、菊千代は、この鳴海よりも強い男をふたり、知っている。

　ひとりは武林館の麻生誠である。

　その男に、三度続けて鳴海は負けた。

　鳴海よりも、歳が下の男である。

　もうひとりが、羽柴彦六であった。

　彦六に鳴海が負けるのを、二度見た。

　一度は、四年前、武林館の支部道場で、鳴海が彦六に負けるのを見ている。

　もう一度は、つい最近である。

　三日前のことだ。

　三日前に、ふらりと彦六が鳴海の所に姿を現わした。

　その時に、鳴海が彦六に手合わせを申し込み、この海岸で立ち合った。

　素速い動きで、鳴海が彦六を追い込んだと見えた瞬間に、ふいに、鳴海が後方へ跳ばされていた。

　彦六の掌底で、腹を打たれたのである。

　彦六の動きには、まだ、余裕すらあった。

彦六が、使ったのは、空手ではない。
中国拳法である。
その後に、菊千代も彦六と手を合わせ、そして負けた。
その時のことは、想い出したくない。
彦六が帰ったのは二日前であった。
鳴海の所で一泊し、酒を飲んで、ふらりとまたどこかへ消えた。
不思議な男であった。
菊千代には、鳴海よりも強い男がいることが、いやだった。
くやしい。
いつか、自分が、負けた鳴海のかわりに、その男たちを破ってやるのだと思う。
そう思っていると、かっ、と身体の中に火が点《とも》る。
菊千代には、自分がどれだけ強くなっているのかわからない。
組手をやるのは、鳴海とだけである。
他の者とはやらない。
鳴海とやればいつでも負ける。
あまり、自分は強くなっていないような気もしている。
そんなことを考えながら、菊千代は走っている。

走っていた鳴海が、ふと立ち止まっていた。
菊千代も足を止める。
鳴海の立ち止まった理由が、すぐに菊千代にはわかった。
鳴海の前に、ひとりの男が立っていたのである。
奇妙な男であった。
ジーンズをはいて、ぼろぼろのシャツを着ていた。
長い間、洗濯をしていないようなシャツとジーンズである。
洗濯してないのは、シャツだけではなく、髪もそうらしかった。
長い髪が、くしゃくしゃに伸びている。
顔の下半分は、髭《ひげ》でおおわれていた。
風の中に、異臭さえ漂っている。
男は、ザックを背負っていた。
古い、ぼろぼろのザックだ。
色褪《あ》せたことと、汚れが原因で、もとの色がわからないほどだ。
仮に、これが、昼の光の下であってもそうだろう。
年齢がどのくらいなのか、わからない。
「鳴海さん、ですか——」

男が言った。

意外と若い声であった。

鳴海とあまり変らない年齢らしい。

「ええ」

鳴海が答えた。

「そうですか、よかったなあ」

男が、笑ったようであった。

白い歯が見えた。

「今日、日本にもどってきたばかりで……」

男は、長い髪の中に左手を突っ込んで、ぼりぼりと搔いた。

「家の方にうかがったら、誰もいなくて、近所の人から、海だろうって聴いてやってきたんですよ。空手の道着を着て走っているからそうだと思ったら、やっぱりそうだった——」

男の言い方には、くったくがない。

「こちらに、羽柴彦六さんという方が来ているはずだと、東京の武林館で聴いてきたんですが——」

「ああ、彼なら、三日前にやってきて、もう、帰りましたよ」

「帰った？」

「帰ったというより、ふらりとまたどこかへ出かけたんですが」

「どちらへ行ったかは——」

「わかりません」

鳴海が言うと、男はひどくがっかりとした風であった。

「あなたは？」

鳴海が訊いた。

「ああ、すみません、こちらの名前を言うのを忘れてた」

男は、小さく頭を下げた。

「竹《たけ》智《ち》完《かん》といいます」

男が言った。

4

小さな部屋であった。

四畳半の和室だ。

畳は黄ばみ、表面はすり切れてささくれが立っている。

部屋の南側が、窓である。

その窓が開け放たれて、夜の風がその部屋に入り込んでくる。

西側の壁に本箱があった。

壁の全部が、本棚になっている。

市販のものではなく、その部屋の壁に合わせて、特別に造らせたものらしい。その棚の全部が本で埋まり、あふれた本が、本箱の手前の畳の上に積まれている。

空手関係の本が多かった。

技術書もあれば、写真集も混ざっている。武林館の館長である、赤石文三の本もその中に何冊かあった。

空手だけではなく、柔道や、サンボ、他の格闘技に関する本もかなりの量がある。

翻訳もののミステリーや、詩集が並んでいる棚もあった。

詩集は、日本の詩人のものが多い。

他に、部屋にあるものと言えば、テレビと座卓がひとつである。

家具らしきものと言えばそれだけの、簡素な部屋であった。

その部屋の中央に置かれた座卓を囲んで、三人の人間が座っていた。

鳴海俊男。

芥菊千代。

竹智完。

その三人である。

海岸で、竹智と出会った鳴海が、竹智をここまで連れてきたのである。

鳴海の部屋——というよりは、鳴海の家であった。

借家である。

この四畳半の他に、六畳間がひとつ。台所。バス。トイレがついている。

外には、ささやかながら、申しわけ程度の庭があった。

組手はできないが、突きや蹴りの練習はできるくらいの広さがある。

四畳半から、その庭が見える。

窓から洩れた部屋の灯りが、庭に差しているのである。

庭には紫陽花《あじさい》が咲いていた。

その紫陽花の上に、隣りの家の庭から、塀越しに、欅《けやき》の枝がかぶさって、風に梢《こずえ》を揺らしている。

部屋に入り込んでくる風の中に、濃い緑葉の香りが溶けていた。

「日本だなあ——」

しみじみとした声で、竹智が言った。

髭面の中に、なんとも言えない微笑が浮いていた。

風の中に鼻を差し込むようにして、その香りを嗅いだ。

「長かったんですか、外国は？」

鳴海が訊いた。

「三年です」

竹智が答えた。

座卓の上に、ビールの入ったコップが乗っている。

コップの数は、みっつ。

竹智と鳴海の前にあるコップにはビールが、菊千代の前にあるコップには、コーラが入っている。

すでに、一本のビールが空き、二本目になっていた。

竹智は、コップに手を伸ばし、中に入っているビールを喉を鳴らして飲み干した。

ほんとうに美味《うま》そうに飲んだ。

竹智の顔は黒かった。

日本人離れをして、黒い。陽に焼けて、そうなったのだが、その黒が、地肌の色のように、皮膚になじんでしまっている。

その黒い顔の中で、眼が細くなる。

鳴海が、空いたコップにビールを注ぎ入れた。

竹智は、すでに、彦六と出会った時のことを簡単に、鳴海に告げている。

竹智が、彦六と出会ったのは、三年前である。

竹智は、当時、新宿にシマを持つ朱雀《すざく》会に身を置いていた。

朱雀会の資金源として重要な覚醒剤《かくせいざい》が、朱雀会に入って来なくなったのが、その頃である。

朱雀会は、大量の覚醒剤を、横浜の宇田島組から手に入れていた。その宇田島組が、覚醒剤を流すのを打ち切ると言ってきたのである。いくつかのルートが警察に押さえられたためだ。

新宿のもうひとつの勢力である二星《にせい》会との力関係のバランスが、そのため、崩れそうになった。

その二星会と、宇田島組とが、どうやら裏で手を握っているらしかった。朱雀会の力を弱めておいて、横浜から宇田島組が進出し易くするためらしかった。

そんな時に、青竜会が、朱雀会に声をかけてきた。

青竜会は、横浜における宇田島組の対抗勢力である。

青竜会がねらっているのは、宇田島組の持っている覚醒剤の香港ルートであった。

朱雀会は、青竜会と手を握った。

宇田島組の持っているルートを青竜会が手に入れれば、これまでよりも大量の覚醒剤が、安く手に入ることになる。

朱雀会から、横浜に鉄砲玉が送られた。

その鉄砲玉が、竹智完であった。

竹智に、それを命じたのは、黒滝《くろたき》という男であった。

目的は、宇田島組の村井《むらい》という男にちょっかいをかけて、向こうに先に手を出させておいてから、村井の耳を落とすことにあった。

東京で行なわれた、朱雀会と宇田島組の話し合いのおり、宇田島組から出むいてきたのは、組長の宇田島加津行《かつゆき》ではなく、村井建造《けんぞう》であった。朱雀会の方は、わざわざ会長の赤石武一郎が出た。しかも、話は決裂した。

朱雀会は社長が出、宇田島組は課長クラスの村井が出、しかも話がまとまらなかったとなれば、会長の赤石が恥をかかされたことになる。

その落としまえをつけるというのが、竹智が横浜へ行く理由であった。

しかし、それは表むきの理由だ。

真の目的は、竹智が、横浜で死ぬことにある。

竹智が横浜で、宇田島組の者に殺されれば、それを理由に、朱雀会は横浜に進出することができる。

竹智はそれを知っていた。

「もどってきていいんですね」

竹智は黒滝に訊いた。

表向きの理由、村井の耳を落としたらばそれで目的は済んだことになる。

建前はそうだ。

「あたりめえだろう」

黒滝はそう答えた。

それで、竹智は、横浜へ出かけたのである。

竹智は、表向きの目的は果たしたが、宇田島組に追われることになった。

そのおりに、竹智は彦六に会い、彦六に助けられている。

竹智には、女がいた。

的場香代《まとばかよ》という、竹智と同じ新潟県生まれの女だった。同棲をして一年目だった。

竹智は、生き残って、黒滝のマンションに行った。そこで見たのは、黒滝に犯されている香代の姿であった。

竹智は逆上した。

ナイフで黒滝の頬を裂き、ペニスを裂いた。

それが三年前である。

そのまま海外へ逃げた。

その時から三年間の異国の生活であった。

そのいきさつを、竹智は細かく鳴海に告げたわけではない。

あまり、まともじゃない稼業をやっていた時期があり、そのおりに、横浜で彦六に会い、助けられたのだと、竹智は言った。

「もしかしたら、殺されていたかもしれません」

竹智は、そう付け加えた。

その時以来、竹智は彦六に会っていない。

的場香代とも、それっきりになっている。

あの部屋に、裸の香代をそのまま置き去りにしたのだ。

新しく注がれたビールを口に運びながら、竹智は、その香代のことを思い出していた。

あの晩の光景は、まだ、脳裏に焼きついている。

畳に、おびただしい血が滴っていた。

その上で、股間を押さえた裸の黒滝が呻いている。

「おれのが、おれのが……」

糞！

糞！

と声をあげて、血にまみれた自分の手を見、また、二本になった自分のペニスに視線を移し、呻く。

「竹智、こんなことをしやがって、てめえ……」

下から竹智を睨んだ。

唇をナイフで裂かれ、口の大きさが倍近くになっている黒滝のその声は、はっきりした言葉になっていない。

それでも、意味がわかる程度には伝わってくる。

竹智は、血に濡れたナイフを握ったまま、黒滝を見下ろしていた。

香代が声をあげて、竹智の脚にしがみついてきた。

「完ちゃん——」

悲痛な声で言った。

竹智は、おそろしく感情が昂《たか》ぶっていながら、同時に、ひどく醒めた眼でこの事態を見つめている自分を意識していた。

自分が、何をしたかはわかっている。

勤め先で、自分の会社の上司をナイフで刺してしまったのとはわけが違う。

それならば、警察に追われるだけですむ。

つかまっても、殺されはしない。

竹智の生きてきた世界では、実の兄貴以上の人間にあたる男をナイフで刺してしまったのだ。

おそらく警察に黒滝が泣き込むことはあるまいが、かわりに竹智は、朱雀会の人間に追われることになる。

逃げても、国内である限り、いつかは捕えられる。

捕えられれば、おそらくは死だ。

楽な死に方はさせてはくれまい。

ここまでくれば、どちらに非があるかどうかという問題ではない。

組員を、鉄砲玉に出しておいて、その間にその組員の女を無理に犯す——。

これは、いくら極道《ごくどう》筋の組織内のことであっても、許されることではない。

かといって、下の者が、上の者を、ナイフでこのような目にあわせていいというものでもない。

脚にすがりついている、柔らかな香代の肉の感触がある。

よく知った、愛しい女の肉であった。

たった今まで、他人に犯されていた肉であった。

前から香代に粘液質の視線を送っていた黒滝が、無理に暴力で犯したのだ。

そのくらいはわかる。

香代が望んで、こうなったのではない。

わかりはするが、犯されたという事実は動かない。

哀しかった。

女の肉も、男の肉も哀しかった。

香代が愛《いと》しかった。その愛しい分だけ、憎かった。

抱き締めてやりたいという気持ちと、この女の肉をおもいきりぶちのめしたい気持ちと、ふたつの気持ちがせめぎあっている。

香代に責任があるものではない。

——しかし。

何で、舌を嚙んで死ななかったのかと思い、次の瞬間には、そのようなことを思う自分がひどいと思う。

そんなことを考えている意識の中に、ふいに、彦六の顔が浮かんだり、路地で見たノラ猫の姿が浮かんだりした。

「逃げよう」

香代が言った。

「ね、逃げよう、完ちゃん——」

さらに強い力で竹智の脚にしがみついた。

香代が立ちあがった。

竹智の手から、ナイフが落ちた。

香代の身体に腕をまわした。

唇を合わせて舌をからませた。

根《こん》限りの力で抱き締めた。

香代を突き放した。

香代が、竹智を見た。

竹智は、その香代を見つめ、ちぎるようにその視線をそらせた。

部屋の奥にある箪笥《たんす》に歩み寄った。

「何をするの？」

震える声で、香代は言った。

竹智を見ていた。

箪笥の上の引き出しを開けた。

そこから、ふたつの貯金通帳を取り出した。

ひとつは、的場香代の名前のものだ。

もうひとつは、竹智完の名前のものだ。

竹智は、香代の通帳を引き出しの中にもどし、自分の通帳と印鑑をポケットに突っ込んだ。

他に、必要なものをいくつか。

そのことの意味が、見ていた香代にもわかった。

「完ちゃん！」

悲鳴に近い声だった。

「独りで行くの？　独りで行っちゃうの？」

竹智に走り寄った。

「わたしを連れてってよ、一緒に行こうよ、独りで行かないでよう！」

泣きながら言った。

眼から涙が流れ出していた。

鼻からも流れ出していた。

しがみついてくる香代をふり切って歩き出した。

畳の上を、香代が引きずられて滑った。

「ひどいよ、ひどいよ」

泣きながら香代が叫んだ。

「わたしが何をしたっていうのよ！」

竹智は、歯を喰い縛《しば》っていた。

鬼の顔をしていた。

自分の血肉をもぎとる思いで、香代を自分の身体から引きはがした。

靴を履いて、外に出た。

裸のまま、香代が追って来た。

なりふりかまわない鬼の相貌をした女が、鬼の名を呼んだ。

「完ちゃん！」

竹智が振り向いた。

男と女の哀しい鬼の顔が、見つめ合った。

それも一瞬であった。

竹智は走り出した。

振り向かなかった。

「連れてってようっ！」

香代の声が竹智の背を貫いた。

その時の声が、今でも、竹智の背に残っている。

空にしたコップを置きながら、その時の、自分の気持ちを竹智は想い出していた。

あの時の自分の気持ちが、今はわかる。

あれは、打算と、そして愛情であったのだと、今は思う。

香代を連れて、どこまでも逃げられるものではない。独りの方が、逃げるには楽であった。

ふたりで逃げたとして、それからの生活は眼に見えている。

怯《おび》えながらの毎日だ。

半年は逃げられるかもしれない。もしかしたら、一年、二年、ことによったら十年か一生逃げ切れる場合もあろう。

しかし、それは怯えながらの日々だ。
心が安まる時はあるまい。
互いの肉に溺《おぼ》れきっての半年か一年で、愛情は擦《す》りきれる。
しかも、女は、その肉体を、別の男に、竹智の前で犯されている。
その思いは一生ついてまわろう。
子供ができたとして、その子供まで背負って逃げ、各地を転々とすることになる。
金のために、やばい仕事にも手を出すことになる。
——しかし、独りなら。
なんとか逃げきることも可能だ。
香代を置いてゆくというのは、香代のためでもあった。
香代は、被害者だ。
黒滝に犯され、竹智にも捨てられた。
おそらくは、そのまま放っておかれることになろう。
黒滝も、何も手は出すまい。
しかし、香代が竹智と一緒に逃げたら、香代も同罪である。
香代のためには、そこに置いてゆくことの方が正しいのだと竹智は思った。
だから、香代を置いて逃げた。

むろん、打算もある。

そのような気持ちがせめぎあって、独りを選んだのだ。

冷静であったような気もしているが、あの時は、夢中で、自分は狂っていたような気もする。

その時の選択が正しかったのかどうか、今はわからない。

正直わからない。

香代と一緒に逃げた方がよかったのだという思いもある。

哀れなことをしたという気持ちがある。

独りで逃げるにしても、もう少しやりようがあったのではないか。

しかし、それもこれも、今だから思うことだ。

竹智の眼の中に、痛ましいものが浮いていた。

しかし、今は、三年前にあった鬼の相は、その貌にない。

かわりに、ひどく遠い、茫漠《ぼうばく》とした表情が、そこにあった。

「外国は、どちらへ——」

鳴海が訊いた。

「初めは、台湾です」

「台湾だけですか」

「台湾には一年ほど。それから、一年をかけて中国、ヨーロッパ、ネパールとまわって、最後にインドには一年ほど――」

「インドに？」

「ええ」

「インドでは何を？」

「河を見てました」

「河？」

「ガンジス河です」

「毎日ですか」

「ええ。毎日、毎日です」

「――」

「それで、帰る決心がつきました」

竹智はつぶやいて、また、遠い眼つきをした。

「決心？」

「人間は、どこでも生きているんだなというような――」

「――」

「うまく言えませんが、人間は、どこで生きてもいいんだというような……」

「それで、帰ってきたんですか」

「はい。どこで生きてもいいんなら、日本に帰って、そこで生きてゆくというのが、自分にとっては一番自然なんだろうって――」

「武林館にはどうして――」

「空手や柔道の真似ごとをしていたことがあって、我流ですが、それでも一時期、空手を教わったりしたこともあったんです」

「――」

「その時学んだのが、武林空手でした――」

「そうですか」

「帰ったらば、本格的に、空手を学んでみようという気になっていて、まず、武林館に足を向けたんです」

「――」

「そこで、昔の知り合いに会いました。同じ道場で、空手を学んでいた人間です。自分よりは歳下なんですが、かなり強かった男です。その男と話をしているうちに、彦六さんのことを耳にしたんです」

「誰ですか、その道場生は」

「麻生誠です」

竹智は言った。

「麻生誠ですか」

「知っているんですか」

「ええ」

鳴海は答えた。

武林館のオープントーナメントの優勝決定戦で、鳴海が三度苦汁を飲まされた相手が、麻生誠であった。

それまで、静かにふたりの話を聴いていた菊千代の眼が、小さく尖った。

「また強くなったようだったな」

竹智は言った。

「彼の強さは本物ですよ」

鳴海が言った。

「でも、ぼくは、もっと強い人間を、知っていますよ」

竹智が、微笑した。

「誰ですか?」

「羽柴彦六です」

「なるほど」

鳴海が、ひどく納得したようにうなずいた。

「強かったからなあ――」

何か思い出したように、竹智は言った。

「ケンカには自信があったんですがね、彦六さんには、軽くあしらわれてしまいました」

「闘ったことがあるんですか？」

「いきがかりで、ついね」

「自分も、彼にはかないません。ついこの前も立ち合ったのですが、負かされました。一度闘うと、次はこれだけ修業すればとがんばって、またやるのですが、前とまったく同じです。懐《ふところ》が見えなくて。誰よりもどのくらい強いとか、その見当もつけられません」

「ほんとに強いからなあ」

竹智がうなずいた。

鳴海を見て、真顔になった。

「外国《むこう》でね、色々な人間のことを想い出しましたよ。つきあってた女のことや、いざこざのあった人間のことをね。でも、一番想い出したのが、彦六さんでした」

「――」

「おかしいですよ。惚れてた女のことより、たった一度会っただけの男のことを想い出すことの方が多かったんですから――」

「そうですか」

「特に、インドで河を見るようになってからは、毎日のように想い出してました」

「わかります」

「いい顔で笑うからなあ、あの人は――」

しみじみと竹智は言った。

その竹智の笑みも、どことなく彦六に似ているようであった。

「河を見ているうちに、決心というか、目的みたいなものがもうひとつできましてね、それもあって帰ってきたんですが――」

「何ですか」

「なんというのか、あの羽柴彦六という男に勝ってみたくなったんですよ」

柔らかな微笑を浮かべたまま、竹智が言った。

そう言った時、ふっ、と鳴海の肉の中に、堅いものが満ちた。

満ちて、それはすぐに溶けた。

一瞬のその気配のゆらめきを、竹智が感じとったことを、鳴海も悟っていた。

5

「すみません」

鳴海は言った。

竹智を見た。

「今のは気にしないで下さい」

鳴海が言うと、竹智が頭を掻いた。

困ったような表情を浮かべた。

何か言いかけた竹智の言葉をさえぎるように、鳴海がまた口を開いた。

「しかし、正直に言うと、そのことを考えているのは、あなただけじゃありません」

「――」

「自分も、いつの日か、あの羽柴彦六に勝つことが目標です」

きっぱりと鳴海が言った。

「では、ライバルということですか」

「そういうことになります」

この髭の男が、いったいどれだけの実力を秘めているのか、鳴海は値踏みするような眼で竹智を見た。

鳴海の場合、その値踏みは、具体的である。

今、この場でいきなり襲いかかったとして、相手がどうであるか、そういう発想で考える。

立ちあがりざま、右の蹴りを頭部に入れたら――。

そういう信号を眼で送る。

しかし、竹智からは返ってくるものがない。

あっさりと自分の蹴りがあたるような気がする。

しかし、あたらないような気もする。

左の拳はどうか。

それも同じであった。

あたるようでもあり、あたらないようでもある。

実際にそれをやってみればわかるのだろうが、そこまでするつもりは、むろん、ない。

不思議な男だった。

「わからないな」

素直に鳴海は言った。

「何がですか?」

竹智が答えた。

「あなたがどのくらい強いのかがです」

「――」

「自分よりも、弱いのかもしれない、ずっと強いのかもしれない。よくわかりません」

「正直なんだな、鳴海さんは」

竹智がつぶやいた。

「正直？」

「ええ。うらやましいくらいに――」

「――」

竹智は、頭を掻いて、笑った。

「おれは、ずっと突っ張って、明日には死んでしまう人間のように生きてきましたから――」

「――」

「昔だったら、おれの方から、鳴海さんみたいな人には、突っかかっていったと思いますよ――」

「そうですか」

「本当に、鳴海さんは、普通なんです。失礼な意味じゃなくて、普通で強い人なんじゃないかと思います」

「どういうことですか」

「強い、ということと、普通であるということとは、両立しないもののような気がするんです。強くなるということは、普通であることを捨てるということだと――」

「――」

「普通であることを捨てねば、強さというものは、己れの手には入らないのだと思っていました。これまでは、です」

竹智は、言って、鳴海を見た。

「言い方を変えるなら、強さを身に付けるということは、一種の狂気を秘めることだと思います。でも、鳴海さんは、普通をきちんと残しながら、強い――」

「自分が強い？」

「そう思います」

言ってから、竹智は、照れたように微笑した。

初対面の鳴海に対して、強いだの普通だのと言った自分の言葉に恐縮したようであった。

「すみません」

竹智は小さく頭を下げた。

彦六の話になった。

彦六が普通かどうかということで、互いに話をかわすうちに、またビールが一本空いていた。

いつの間にか、夜が更《ふ》けていた。

「そろそろ失礼しなくちゃ」

竹智が言った。

「今日の宿は決まっているのですか」

鳴海が訊いた。

「どこでも寝られますから」

くったくなく竹智が言って微笑した。

「よかったら泊まってゆきませんか」

鳴海が言った。

「いえ、それではご迷惑になりますから」

「だいじょうぶですよ、独り暮らしですから」

軽くそういうやりとりがあって、結局、竹智が泊まってゆくことになった。

菊千代が帰るために立ちあがったのは、それからしばらくの後《のち》であった。

「じゃ」

菊千代は頭を下げ、玄関に下りて、靴をはいた。

ほとんどが無言であった。

家の中にいる時も、そして、今もであった。

もう一度頭を下げて、夜風の中に菊千代は出て行った。

菊千代がもどってきたのは、それから、五分もしないうちであった。

「どうした？」

鳴海が、玄関に立った菊千代に訊いた。

菊千代の顔が、やや青白くなっている。

「外に、おかしな連中が何人かいます」

「なに？」

「おまえの所に、竹智というのがいるだろうって——」

菊千代が言って、竹智を見た。

竹智は、わけがわからないという顔をしていた。

鳴海と顔を見合わせた。

「心あたりがありますか」

鳴海が訊いた。

竹智が首を振った。

「ありません。今日、成田に着いて、その足で武林館に寄ってから、ここにやってきたんで——」

「麻生誠は？」

「ああ、彼なら知ってるかもしれないな。しかし——」

竹智は不思議そうな顔をした。

「どんな男たちだ？」

鳴海が訊いた。

「ヤクザ風の男たちです」

菊千代が答える。

「ならば、やっぱりおれだな。で、その男たちは、何と言ってました」

「外まで呼び出してくれって」

「ははあ」

「どういう用事ですかと訊いたんですが、出てくればわかるというだけで」

「何人ですか――」

「七人です」

話しているところへ、菊千代の背後のガラス戸が開いた。

そこに、ひとりの男が立っていた。

頭にパンチパーマをかけ、鼻の下に髭《ひげ》をはやした男だった。

派手な色のシャツを着ていた。

きつい視線で竹智を見た。

「久しぶりだな、竹智――」

その男が言った。

「沢村……」

竹智がつぶやいた。

「話があるんだ、竹智よ。外へ、顔を出してもらおうか」

「話？」

「黒滝さんが、おまえに用事があるんだとよ――」

「黒滝が――」

「三年前、おめえが黒滝さんに何をしたか、忘れちゃいねえだろう？」

「ああ、覚えてる」

「ならば話は早い」

「黒滝が来ているのか」

「こっちまでは来ちゃいねえよ。新宿で待っている」

「朱雀会か」

「ああ」

「どうしてここがわかった？」

「用事があってね、武林館を張り込んでたんだよ」

「用事？」

「てめえには関係がねえと言いたいところだが、どういうわけか、関係があるらしいな」

「何のことだ」

「羽柴彦六だよ」

「なに!?」

「その男を、うちの客分の、久我重明という人が捜してるんだ。ついこの前、武林館に顔を出したと言うんでな。武林館の方じゃ、もううちにはいねえと言ってるんだが、信用したわけじゃない。いないにしても、都内にいるんなら、また近いうちに武林館に顔を出すかもしれねえ。そう思ってね、林と一緒に、武林館を張ってたんだよ」

「――」

「そうしたら、汚ねえ格好をした、髭の男が、のこのこ武林館にやってきたじゃねえか。それが、おめえだったんだよ」

「なるほど」

「しかし、最初はわからなかったよ。林とおれとで、何度も、確認しあってよ、どうしてもおめえだという結論が出たんで、後をつけさせてもらったんだよ」

「そういうことか」

「茅ヶ崎で、電話を東京に入れて、念のために人数を集めておいた。てめえは、昔から腕が立ったからな。強そうなのを選んだぜ」

「丁寧なことだな」

「しかし、おめえも、あの羽柴彦六を捜していたとはな」

「どうして、おれが羽柴彦六を捜しているとわかったんだ」

「うちの人間で、かなり空手を使うのがいるんだよ。そいつを、二日前に武林館に入門させた。五木というんだがね。その五木が立ち聴きしたんだよ。その五木も、今日は、こっちに来ている。もう逃げられねえ。覚悟して顔を出しな」

髭の、沢村がそこまで言った時、鳴海が言った。

「久我重明というのは、萩尾流の重明か――」

竹智の横に並んだ鳴海に、粘《ねば》い視線を放ってから、

「そうだ」

沢村が言った。

「久我重明が、羽柴彦六にどういう用事がある?」

「落とし前をつけるためだよ」

「落、落、落とし前?」

「自分の師匠を羽柴彦六にぶち殺されて、その敵《かたき》をうつんだとよ――」

「まさか――」

「本当さ」

「そのぶち殺されたというのが、萩尾老山のことなら、それは、そちらの勝手な思い込みだ

ぞ」

「勝手もなにも、こちとら、理屈で通る世界で生きてる人間じゃないんでね」

「――――」

「羽柴彦六は、もう、ここにはいねえんだろう？」

「ああ」

「ならば、そっちの方は後まわしだ。今日は、この竹智を連れて行かせてもらう」

沢村が言った時、すっと、竹智が背を向けた。

「竹智、逃げるか！」

沢村の声が高くなった。

ぴくんと、菊千代が背をすくませた。

さっきよりも、顔が青く、血の気が引いている。

すぐに竹智がもどってきた。

来る時に背負っていたザックを抱えていた。

「あんた……」

鳴海が言った。

「お世話になりました」

竹智が、ぺこりと頭を下げた。

「今度、機会があったら、その時に泊めていただきますよ」

玄関に下りて、自分の靴に足を入れた。

沢村が、思わず後方に退がった。

「ここじゃ、話はできない。海へ行こうか——」

言って、竹智が無造作に足を踏み出すと、沢村が玄関の外に出た。

「おれも行こう」

鳴海がやはり、玄関に足を下ろした。

素足である。

鳴海は、まだ道着を着たままだ。着替えをすませているのは、菊千代のみである。

「鳴海さんは、関係ありません。おれとは、今日、初めて顔を合わせただけの縁ですから」

「行くよ」

ぽん、と分厚い手で、竹智の肩を叩いた。

「まるっきり関係がないわけじゃなさそうだ。それに、あんたをこのまま行かせたら、今度、彦六さんと会った時に、一緒に酒を飲めなくなる」

「でも——」

「行くよ」

鳴海は、そう答えて、竹智と一緒に外に出た。

たちまち、外にいた男たちに周囲をかこまれた。

ただの男たちではない。

いずれも、独特の、暴力的な臭気を放つ男たちであった。

まさか、拳銃までは用意してないだろうが、刃物の用意はあるに違いない。

潮の香りを含んだ夜気が、男たちを包んだ。

海は近い。

五分も歩かずに、海岸に出る。

歩き出した。

後方から、菊千代がついてくる。

「帰りなさい」

後方をふり返り、鳴海が言った。

しかし、菊千代は帰らなかった。

「帰りなさい」

鳴海がまた言った。

立ち止まった。

「だめだよ、坊や、帰っちゃあな。おれたちの眼につく所にいるんだ。警察に電話でもされちゃあ、たまらねえからな」

沢村が言った。
無言のまま、菊千代はそこに立っていた。
鳴海は、しばらく菊千代を見つめ、そしてまた歩き出した。
菊千代が、また、無言のままついてくる。
「いい月だな」
ふいに、その時竹智がぽつりとつぶやいた。
潮の香のふくらんでくる風の上に、青い月が出ていた。

6

菊千代は、砂の上に立っていた。
立って、その光景を見つめていた。
菊千代の視線の先に、九人の男が立っていた。
鳴海と竹智が砂の上に立ち、その周囲を包んで、七人の男たちが立っている。
その背後に、月光に濡れた海があった。
青黒くうねる波の上に、月光がきらきらと揺れている。
三人の男たちの手に、匕首《あいくち》が握られていた。

月光は、丁寧に、その金属の刃の上にも光を落としている。
菊千代の足が、細かく震えていた。
恐かった。
まだ高校生である。
その眼の前で、ヤクザの男たちが、刃物を手に握っているのである。
以前に、菊千代は、やはり似たような光景を眼にしたことがある。
中学生の時だ。
初めて、鳴海と会った時だ。
典子と一緒に、同級生の男たちに、海岸の松林に連れ込まれた時だ。
その時、島村という男が、手に刃物を握って鳴海にそれをつきつけたのだ。
そのナイフを、あっさり鳴海はかわしたのだが、その時と今とでは状況が違う。
あの時、ナイフを握っていたのは、まだ中学生であった。
今は、大人のヤクザである。
暴力のプロだ。
ナイフではなく匕首である。
よく磨いてある刃先が、月光を受けて濡れたように光っている。
あの時のナイフよりはずっと刃渡りが長い。

皮膚にあてただけで、するりと肉の中に潜り込んでいきそうだった。

それを、胸や腹の中に入れられて、ぐるりとまわされるのだ。

内臓がズタズタになる。

肋《あばら》の間に潜り込ませて、ぐるりとねじられれば、骨がけずれてしまう。

たまらなく痛そうだった。

それは、どんな痛みなのか。

想像がつかない。

痛いに決まっていた。おそろしく痛いに違いない。

死ぬことすらあるであろう。

自分の腹に、あの刃が潜り込んできたら——それを考えたら、血の気が引いてゆく。

心臓がこめかみで音をたてていた。

足が震える。

そういう刃物を前にして、鳴海も竹智も、どうして平然としていられるのか。

菊千代は、逃げ出したかった。

しかし、好奇心もまたあった。

鳴海が、この男たちをどうするのか、ということである。もうひとつ、竹智がどれほどの実力を秘めているのか、それを眼で確認したかった。

恐《こわ》かった。

尻のあたりに、その恐怖が張りついている。

肛門を、その恐怖が塞《ふさ》いでいる。

そのあたりがちくちくと、むず痒《がゆ》い。そのむず痒さが、小虫のように、尾骶骨《びていこつ》のあたりから背骨を這い登ってくる。

血が、どくどくと血管の中を動いているのがわかる。

心臓が、喉からせりあがってきそうな気がする。

無茶苦茶に身体を動かして、そのむず痒さと、血の動きを止めたかった。

しかし、菊千代は動かない。

立ったまま見ていた。

「来ないと言うんなら、仕方ねえな」

沢村がつぶやいた。

「生きてるんなら、手足の一本や二本はなくてもいいと、黒滝さんから電話で指示されている」

「へえ」

竹智が言った。

まだ構えも何も見せてはいない。

ただ無造作にそこに立っているだけだ。

「そっちの空手の先生はどうするんだい？」

鳴海に沢村が訊いた。

「空手と聴いてびびるような人間は、チンピラだよ。そういう人間は、今日はここには来ていない」

「そうかい？」

鳴海が言った。

「おれには全部チンピラにしか見えないがね――」

沢村の唇に、微笑が浮いた。

「先生、極道《ごくどう》を相手にしちゃ、いけないね。こちらは、夜道でいきなり、後ろからあんたの背中に匕首《ヤッパ》を突っ込んだって、恥でもなんでもない世界で飯食ってる人間だからね。板の上で、やってる試合のように、ルールもなければ、反則だのなんのって、とめてくれる審判もいないんだよ」

「審判がいなくて困るのは、そちらかもしれない。つい、余計に殴ってしまうからな――」

「けっ」

沢村が唾を吐いた。

「五木！」

低く叫んだ。
ふたりを囲んだ男たちの間からぬうっと、身体の大きな男が出てきた。
鳴海よりも、やや上背《うわぜい》がある。
四角い顎をした男であった。
首が太い。
みっしりと肉が厚くついていた。
体格としては、空手家として充分なものがある。
重量感のある男であった。
鳴海は、その男を見て、浅く腰を落としていた。
やや身長で劣る鳴海の体重は、男と同じくらいか、それ以上はありそうに見えた。
道着を着ていてわかり難いが、見かけ以上に身体の肉が盛りあがっている。
ごく普通の青年の風貌をした鳴海の顔が、その肉の迫力を押さえているのである。
しかし、よく見れば、道着から見えている腕も、手首も、太く、しかも締まっていた。
肉の中に、ごつんとした鋼《はがね》が入っているようであった。
五木は、鳴海を見、それから竹智を見た。
「来いよ、てめえ――」
ふいに、低い押し殺した声が響いた。

それまで、静かにそこに立っていた竹智の唇から洩れた声であった。

さっきまでとは、口調から、声の質から変化したようであった。

ふたりを囲んだ男たちと、同じ世界に属する者が発する声であった。

「てめえらの相手は、おれだろう」

凄みのある声であった。

ふわりと、竹智が、左手を五木の眼に向かって持ちあげた。

五木が、すっと横に身体を移動させた。

その瞬間であった。

竹智の右足が動いていた。

大きく宙に右足が跳ねあがった。

五木に向かってではない。

五木の横にいた、匕首を手に握った男に向かってであった。

砂が、飛んだ。

竹智が、砂に浅く爪先を潜らせておいて、その砂を、男の顔面に向かって飛ばしたのである。

意表をつく動きであった。

蹴りの届く距離ではない。

そのための油断が男にはあった。

男の眼球を、直接、砂粒が叩いた。

「で──」

男が顔面を覆《おお》った。

その男の空いた腹を、正面から竹智の左足が貫いていた。

いつ、間合をつめたのか、わからなかった。信じられないほどの疾《はや》さを持った攻撃であった。

その男が、くの字に身体を折って砂の上に倒れ込む前に、竹智が動いていた。

五木に向かってである。

「むうっ」

五木が左のローキックを放ってきた。

スピード、タイミング、共に絶妙のものであった。

地味で派手さはないが、強力な技だった。

そのキックが空を蹴っていた。

竹智の身体が、宙に軽々と浮きあがっていた。

砂地であるのに、堅い木の床からしたのと同じ跳躍であった。

天性のバネを、竹智の肉体は有しているらしい。

するりと、宙で竹智の右足が伸びた。

爪先が、するすると滑るように五木の顔面に向かって伸びてゆく。

空手の試合でもめったにない、空中からの攻撃であった。

空中からの攻撃は、しかけた方が不利である。アクションが大きくなり、相手にかわされやすいからだ。相手の肉体に攻撃がヒットする確率が少ない。

しかも、かわされた後に、今度は相手の攻撃を受けることになる。

アクションが大きい分だけ、次の技への移行に時間がかかるのである。

着地した時にねらわれれば、受けるのが精いっぱいである。

よほどの実力の差がなければ、空中での攻撃などはやらない。

五木が、スウェーバックして、両腕で顔面をかばった。

その腕に、竹智の蹴りが入った。

上体を後方に引いているため、あたりは浅い。

「馬鹿がっ」

五木が、腕のガードを下ろして、前に一歩踏み込もうとしたその時であった。

開いたその腕の間に、真下から滑り込んできたものがあった。

それまでたたんでいた、左足の爪先であった。

そのスニーカーの爪先が、五木の四角い顎を、真下から打ち抜いていた。

がつん、
という音がした。

五木の歯と歯が嚙み合わされる音であった。

竹智が、空中でふたつの蹴りを放ったのである。

竹智が、砂の上に両足で着地した。

五木の身体が、仰向けに砂の上にぶっ倒れた。

唇の端から、血にまみれた、折れた歯が覗いていた。

男たちは、呆然として、その竹智の動きを見ていた。

みごとなまでに美しいフォルムであった。

最初の動きを始めた時に、すでにどのようなラインを自分の肉体が描き、どのような姿勢でそのラインを終えるのか、きちんと決めてでもあったような動きであった。

頭の下で宙に描いたそのラインを、竹智が、正確に己れの肉体でなぞったように見えた。

——ひゅう。

着地をした竹智の唇から、鋭い笛に似た音が洩れた。

竹智の腰が、深く沈んでいた。

左足が、前に出ている。

右足は後方にひかれていた。

左手と右手が、奇妙な拳を握っていた。
親指、人差指、中指がそろえられて、鳥の嘴《くちばし》のような形になっている。
左手が前、右手が胸のあたりで、その指の嘴を尖《とが》らせていた。
——蟷螂拳《とうろうけん》！
鳴海が、声にならない声を呑み込んだ。
強烈な微笑が、竹智の唇に浮いていた。
唇がめくれあがって、白い歯が覗いていた。
牙に見えた。
竹智完——。
この男が、どこでこの拳法を身につけたのか。
男たちが動かなかったのは、ほんの数瞬である。
「竹智ィ！」
沢村が叫んだ。
その声を合図に男たちが動いていた。
菊千代は、足をがくがくとさせながら、その光景を見ていた。
鳴海が、刃を後方に流して、その男の顔面に、拳を叩き込むのを見た。
竹智が、尖らせた指で、男のこめかみを打つのを見た。

全身が震えていた。
恐かった。
しかし、恐怖だけではなかった。
恐怖とは別のものが、やはり己れの肉の中に生じて、自分の身体を震わせているのだ。
菊千代の眼が濡れていた。
ふたつの鼻孔が開いていた。
空気が足りないように、口を開き、喘《あえ》いでいた。
闘いの最中に、ひとりの男が菊千代を見た。
「このガキっ」
叫んだ。
凄い眼で睨んだ。
沢村だった。
右手に匕首を握っていた。
「てめえ、動くなっ」
叫びながら菊千代に向かって走り出した。
自分たちの不利を悟って、菊千代を盾《たて》にとろうというつもりらしかった。
「ひっ」

菊千代は、声を喉につまらせた。
逃げようとした。
しかし、動けなかった。
沢村が右手に握った金属の光を見て、身がすくんでしまっているのであった。
針が、鋭く背を貫いた。
痛みとも快感ともつかないものが、背を疾《はし》った。
先ほどの虫が、背中じゅうを這いまわっていた。
——空手を！
と、思った。
——空手を！
これまで、鳴海から習い覚えた空手を。
しかし、身体が動かない。
泣き出してしまいたかった。
中学の時、黒沼たちに囲《かこ》まれて、さんざ殴られた時と同じだった。
あの時も、習い覚えた空手の技など出なかった。
今も同じであった。
あれほど練習したはずなのに、身体が動こうとしない。

鳴海や、先日行なった、彦六との組手の時には動いたはずの身体が動かない。

どうしたらいいのか？

筋肉が痙攣《けいれん》して、肉の中でもつれてしまったようであった。

自分の身体なのに、その動かしかたがわからない。

仮に、動かせたとして、自分がどれだけ強いのか、それすらもわからない。中学の時から、少しも強くなってはいないような気もしている。

わからない。

わからなかった。

沢村が迫っていた。

恐怖が全身を疾り抜ける。

それでも身体が動かない。

身体が動かないかわりに、菊千代は声をあげた。

「あああ——」

情けない声であった。

「あああ〜〜〜っ」

高い声が天に伸びた。

「このガキっ」

その菊千代の、口と鼻に、沢村の拳が叩き込まれた。

殴られても、菊千代は声をあげるのをやめなかった。

「黙れっ」

また殴った。

また殴った。

菊千代の唇が切れていた。

鼻から血が零《こぼ》れ出していた。

その血が、鼻の奥から口の中に流れ込んでいる。

口の中に異物感がある。折れた歯であった。その歯を、血と共に吐き出した。

あの晩と同じだった。

「黙らねえと、こいつを口の中に突っ込むぞ！」

ぎらりとしたものが、菊千代の胸の前に突き出されていた。

「ひいいっ！」

菊千代は、声をあげて、その刃物を夢中で払いのけていた。

払いのけた右手に、鋭い痛みが跳ねた。

刃物が手をえぐったのだ。

「てめえっ」

沢村が、その刃物を振りあげた。
殺される⁉
そう思った。
しかし、突き出されてきたのは、その刃物ではなかった。
さっきと同じ左の拳だった。
すっと、菊千代の頭が沈んでいた。
その頭の上を、拳が疾り抜けた。
思わず身体が動いていたのである。
沢村が正面から、菊千代の股間を蹴りあげてきた。
菊千代が、後方に退がって、それをよけた。
「このガキがっ、さからうかっ」
沢村が、菊千代の顔の高さに、匕首を横に振った。
菊千代は、後方に首を振ってそれをかわした。
——見える。
と、菊千代は思った。
見える。
見える。

沢村の動きが見えるのだ。

鳴海や、彦六の動きに比べて、半分以下のスピードにしか見えない。

どきり、と、心臓が動いた。

次に突き出されてきた刃物をよけた時、菊千代の右の拳が動いていた。

大きな拳が、おもいきり、沢村の顔面に入っていた。

肉が、肉を打ち抜く衝撃が拳を疾った時、ぞくりと、菊千代の背に、血の塊りに似たものが走り抜けた。

——なんだ!?

——なんだ、これは!?

右拳に、菊千代は、ぬるぬるとした痛みを握っていた。

掌を、さっき刃物を払った時に裂いたのだ。

しかし、その痛みよりも強く熱いものが、ぞくり、ぞくりと、たて続けに菊千代の背骨を貫いていた。

ごそりと、でかい虫が背から肉をやぶって這い出てきた。

強烈な快感であった。

ぶっつりと、菊千代の肉の底で、太いものが切れた。

一瞬、そこにへたり込みそうになった。

沢村が本気になっていた。
眼を血走らせ、菊千代との間合をつめてきた。
ボクシングのフットワークを使っていた。
菊千代の顔といわず、腹と言わず、刃物と拳が、襲った。
そのことごとくを、菊千代がかわした。
かわして、また右拳を入れる。
「ひきいっ!」
叫んだ。
右の拳が、おもしろいように、沢村に入った。
菊千代の右腕は、左腕よりも、三センチ余り、長い。そして、極端に太い。
そのため、沢村が見切りをあやまっているのである。
沢村の右手から、匕首が砂の上に落ちた。
「あぎっ」
叫んで、菊千代が沢村に向かってぶつかっていった。
右。
左。
右。

左。

たて続けに沢村の顔面に拳を打ち込んだ。

沢村の鼻がつぶれていた。

その沢村の眼へ、鼻へ、口へ、歯へ、頬へ、額へ、こめかみへ、おもいきり拳を打ち込んだ。

打ち込んだ。

狂ったように打ち込んだ。

菊千代は、もう止まらなかった。

自分の身体に何がおこっているのか、自分がどうなっているのかもわからない。

ただ、眼の前の男の顔に拳を打ち込んだ。

沢村の顔は、血まみれだった。

視線もうつろだった。

醜かった。

この醜いものを、眼の前から消し去ってしまいたかった。

くたばれ！

と、思った。

「やめろっ、芥！」

声がした。
誰の声かわからない。
手が勝手に動く。
「やめろっ」
強い力が、背後から菊千代を押さえた。
それを全身の力でもぎはなすように、菊千代はもがいた。
拳をなおも叩き込もうとした。
押さえる力を振り切って拳を打ち込んだ。
快感に似たものが、菊千代の内部に生じていた。
殴れば殴るほど、その快感が増してゆくのがわかる。
「やめろっ」
頬を叩かれた。
それでもやめなかった。
ぶん殴った。
また頬を叩かれた。
もう一度頬を叩かれた。
「芥!」

耳元で、叫んだ。

鳴海の声だった。

ようやく菊千代は、沢村の顔を殴るのをやめた。

菊千代は、いつの間にか、沢村の上に馬乗りになって、もうとっくに気を失っている沢村を殴り続けていたのだった。

沢村の顔は、ずくずくの、血まみれになっていた。

「もう、すんだんだ」

肩を揺さぶられた。

眼の前に、鳴海の顔があった。

「すまん。おまえをとんでもない目にあわせた」

鳴海が言った。

ゆっくりと、菊千代は立ちあがった。

鳴海の横に、竹智が立っていた。

男たちの全員が、黒い砂の上に倒れ、低く呻き声をあげていた。

その上に、青い月光がこぼれ落ちていた。

濃い潮風が吹いていた。

ふわりと、魂の抜けたような虚脱感が、菊千代にあった。

「おまえ、拳だけで、元八回戦のプロボクサーを倒したんだぞ」

鳴海が菊千代に言った。

菊千代は、海を見ていた。

「だいじょうぶか――」

鳴海が言った。

「平気です」

海を見ながら、ぽつん、と菊千代が答えた。

答えた途端《とたん》に、菊千代の膝が、身体が、細かく震え出した。

「うっ」

と、菊千代が声をつまらせた。

ふいに、声をあげて、低く、菊千代がすすり泣きはじめた。

四章　荒神鬼《こうじんき》

1

陽光が眩《まぶ》しかった。

草いきれが、むっとするほど風の中に混じっているが、風そのものは、乾いていて爽やかだった。

広い草原が広がっている。

牧草である。

緑色の葉が、風が吹くと、一斉に同じ方向に倒れてゆく。

次々に草の倒れるその場所が、移動し、草原の上を駆け抜けてゆく。

なだらかなスロープを、昇り、風が駆け抜けてゆくその先は、青い天である。

室戸武志は、その風を眼で追っていた。

雲が、青い天を疾ってゆく。

昼休みである。

札幌の郊外にある牧場であった。

コンテナで札幌に届いた荷物を、トラックに乗せてここまで運び、降ろし終えたばかりであった。


アメリカから取り寄せた、牛の人工飼料だという。

冬、牛に与える草に混ぜて使用するものらしいが、武志には詳しいことはわからない。

今日の分は、仕事とすれば楽な方であった。

昼より少し前に仕事を終え、冷たい麦茶を飲んだ。

そのまま、ここで昼寝を済ませた。

運転手は、木陰の草の中で、昼寝をしている。

一時に出発ということになっているのだが、まだ三〇分近く時間があった。

武志は、遠い視線を、雲に向けて放っていた。

自分の肉の中に、火が燃えているのがわかる。

強い炎ではないが、この一カ月間、けっして消えようとしない炎であった。

いつ点《つ》けられた炎かはわかっている。

一カ月余り前、ふたりの男によって点けられた炎であった。

木原正之《きはらまさゆき》。

内藤敬二《ないとうけいじ》。

そのふたりが、この炎を点けたのだ。

内藤と、夜の公園で身体をぶつけ合った時、肉の中に生まれた興奮を、まだ覚えている。

互いに遠慮抜きで、肉体をぶつけ合い、力を比べるということが、あれほど楽しいことだとは思わなかった。

互いに、鍛えあった肉体だからこそ、できるのだ。

自分よりも身体の小さい内藤が、驚くほどのバネを、その肉体に秘めていた。

自分と、互角以上にぶつかり合ったのだ。

ぶつかり合うことだけの中にも、技はあるのだと木原は言った。

どんな技か。

どんな風にすればいいのか。

その技を知りたかった。

最後に、内藤が自分の腕を極《き》めてきた、あの技のことを知りたかった。もっと、色々な技があるに違いない。

「プロレスか――」

小さく声に出して、武志はつぶやいた。

その声を、風が、草原にさらってゆく。

父の十三が、力士からプロレスに移ったことは知っている。

その父が、日本でやった最初の試合を最後に、プロレスをやめ、善さんと一緒に北海道に渡ってきたことも知っている。

わざと負けろと、そう命じられたことが原因らしかった。

十三は、その当時のことを、ほとんど語りたがらなかった。

わざと負けろと命じられたというのは、羽柴彦六から聴かされて、やっと知ったくらいである。

〝わざと負ける〟

そのことの意味も、おおよそ見当はつく。

テレビでプロレスを見たこともある。

〝わざと負ける〟ようなシーンを、テレビで何度か眼にしたことがある。

ああいうものなのか。

そう思っていた。

一カ月前まではである。

それが、内藤と闘って、わからなくなった。

わざと勝ったり負けたりするのなら、あそこまで身体を鍛え、強くなる必要もない。

あの内藤は、間違いなく、強かった。

これまで、本気で力を込めて、それを人間にぶつけたのはたった一度だけだ。

その人間は死んでいる。

武志の腕力でというよりは、その時、男が手に握っていた刃物が、その男の腹に刺さったためである。

事故だ。

しかし、自分が力を込めれば、人の身体はたやすくこわれてしまうものだと、そう、かたくなに思い込むようになった。

自分は、身体が大きく、力も強い。

そんな自分の肉体をどうあやしていいのか、武志にはわからなかった。

人は、すぐにこわれる——その思いが間違いであることを教えてくれたのが、内藤であった。

身体を使い、肉体や技を比べあうのはおもしろいと思う。

その時の炎が、どうしても消えない。

もう一度、闘ってみたかった。

あれが、何であったのか、それを確認してみたかった。

そう思えば、何年か前にも、似たような想いを胸に抱いたことを、武志は思い出していた。

羽柴彦六が、ホテルの部屋で表演してみせてくれた、太極拳を見た時がそうであった。

うっとりとするようなリズムと、動きであった。

ゆるやかで、そして、鋭い。

草原を見る。

〝老いてゆくぞ、人の身体は〟

そう言った木原の言葉が、耳に残っている。

自分のこの肉体も老いるのだろうか、と武志は思う。

父、十三が造ってくれた肉体である。

そして、自分自身で造ってきた肉体である。

その肉体が、何もせずに老いてしまうのか。

身体の底に点《とも》された炎、その炎のためにこの肉体はあるのだろうか。

その炎は、どんなに、肉体を使っても使っても消えなかった。

くたくたになり、ぶっ倒れるまで走ったこともあった。

それでもだめだった。

「東京か——」

武志は雲を見た。

悠々とその雲が流れてゆく。

——と。

その雲の下にある草原に、黒い点が動くのが見えた。

その後方に、砂煙があがっている。

車であった。

車が一台、牧場の中の道を、こちらに向かって走ってくるのである。

タクシーであった。

停めてあるトラックを通り過ぎ、母屋《おもや》の前まで走ってくると、タクシーは止まった。

タクシーから、ひとりの男が降りてきた。

その男が誰だかわかった途端、武志の顔がほころんだ。

その男が、武志に眼をとめて、微笑した。

「よう」

片手をあげた。

羽柴彦六が、風の中に立っていた。

「彦六さん！」

武志が歩き出し、彦六が、そこに突っ立ったまま、眼を細めて、自分の方に向かって歩いてくる武志を見ていた。

彦六の前に、武志が立った。

「でかくなったなあ」

彦六が、惚れぼれとした声で言った。

三年前よりも、ひとまわり以上、大きくなっていた。

胸の厚さも増し、背も伸びている。

武志の身体は、逞《たくま》しく陽に焼けていた。

着ているのは、ランニングシャツに、ジーパンである。

ランニングシャツの布地が、内側の肉に押されて、張っている。

彦六は、洗いざらしのジーンズをはき、Tシャツを着ていた。

片手に、小さなバッグをぶらさげていた。

それが彦六の荷物の全てらしい。

風のように身軽な男だった。

「どうしてですか、どうして、ここに来たんですか。ここに、まさか、ぼくのいるのがわかっていて来たわけじゃないんでしょう?」

たて続けに武志が言った。

「わかってて来たんだよ」

彦六は言った。

「え？」

「〝ＹＵＫＩＪＩ〟の吉川さんから、おまえさんの働いてる場所を教えてもらったのさ。電話をしたら、ここを教えてくれた」

「吉川さんが――」

武志はつぶやいた。

吉川というのは、すすきのにあるキャバレー〝ＹＵＫＩＪＩ〟の支配人をやっている男である。

そこで働いているモモエ――十三が惚れた島村和江を捜して旭川からやってきた武志に親切にしてくれたのが、この吉川であった。

「彼が、ここの仕事も世話してくれたんだってな」

「はい」

武志は答えた。

「それにしても、突然、どうしてぼくのところに――」

「顔を見たくなったんだよ、なんとなくね」

「おれの？」

「ああ。一カ月前は東京さ。うろうろしながら、ここまで来るのに、結局一カ月かかっちまった――」

「おれも、今、彦六さんのことを考えてたんですよ」

「へえ」

言って、彦六は草原に眼を向けた。

「広いなあ」

つぶやいた。

風を見た。

「どうだ、親父さんは?」

草原に眼を向けたまま、彦六は言った。

「元気です」

「時々は会いに行ってるのか?」

「はい」

武志はつぶやいて、彦六の横に並んだ。

カラ松でできた柵の上に、厚い右手を乗せた。

彦六の横顔を眺めてから、武志も草原に眼をやった。

広い草原のあちこちに、点々と、白と黒の牛の姿が見えている。

「親父も、彦六さんに会いたがってました」

「室戸十三か――」

ぽつんと彦六はその男の名をつぶやいた。

そして、ふたりは沈黙して、草原をゆく風を眺めた。

草原を吹く同じ風が、彦六の髪と、武志の髪を揺らしている。

「彦六さん」

ふいに、武志が言った。

「なんだ」

彦六が、草原を眺めたまま答える。

「お願いがあるんですが――」

彦六が武志に向きなおった。

「言ってみろよ」

「いつか、札幌のホテルで見せてもらったあれを、もう一度見せてもらえませんか――」

「あれ？」

「太極拳だと、そう、彦六さんは言ってました」

「ああ、あのことか――」

「あれを、時々思い出すんです」

「あれが好きかい」

「ええ」

武志がうなずいた。

その顔をしばらく見つめてから、彦六は、提《さ》げていたバッグを、ぽんと足元に落とした。

「やってみようか。ここは、広々としていて、ちょうどいい」

周囲を見回しながら、彦六は柵から離れた。

土の上に、無造作に立った。

そのまま、彦六は動かない。

いつ始まるのか——

そう思った時、もう、すでにそれが始まっていることに武志は気がついた。

動かずにそこに立った彦六の身体の内部に、静かに満ちてくるものがあった。

それは、風のようであった。

草原を渡って、彦六に吹きよせる風のエネルギーが、ゆっくりと彦六の身体の内部に溜り、満ちてくるようであった。

その満ちてくるもので、身体がいっぱいになったように、静かに、しかしふいに、ゆっくりと彦六の身体が動き出した。

最初から見ていたはずなのに、その動きが始まった瞬間が、武志にはわからなかった。

彦六の両手が、ゆっくりと前に持ちあがってゆく。

すうっと、彦六の身体が下に沈む。

膝が曲げられ、両腕が、柔らかく周囲の空間を包んだ。

彦六は、その両腕の中に、静かな力に満ちた、眼に見えない透明な球体を抱えているようであった。

その球体が、静かなエネルギーに満たされてゆくように、ゆっくりと膨らんでゆく。

その膨らんでゆく速度に合わせるように、彦六の両腕が開いてゆく——。

ゆるゆると動くその球体を追うように、彦六の身体が動く。

舞いのようであった。

吹いている風と、彦六の身体とが、重なり合う。

宇宙の内部に潜ってゆく儀式のようであった。

ゆっくりした動きの中に、鋭い刃物のようなものが、時おりきらめいた。

空間に、透明な旋律《せんりつ》が漂っていて、それを、彦六の、腕が、肘が、掌が、指先が、全身がなぞってゆくように見える。

その旋律が大きさを増したように、ふわりと大きく彦六の身体が宙に浮きあがる。

ホテルの部屋でやった時よりも、高さがある。

一瞬、宙で、脚と手が、閃光《せんこう》のように動く。

大気が裂けたような音をたてた。

太極拳は、十八世紀に、中国の河南省、陳家溝に生まれた武術である。

陳家太極拳と、楊家太極拳があるが、楊家のものは、陳家から生まれたものだ。

老架《ろうか》式。

彦六が表演してみせているのは、陳家太極拳の中でも、古来から伝承されている型である。

ゆっくりとした動きが、ふいに眼で追えぬほど疾い動きになったりする。

風の中に、美しい旋律が溶《と》けてゆくように、彦六の動きが停まった。

天地の風景の中に溶けていた彦六の身体が、そこにもどってきた。

始まった瞬間も、終った瞬間も、武志は眼で確認できなかった。

「こんなものかな――」

彦六が言った。

「凄いです……」

武志がつぶやいた。

「安心しました」

武志は言った。

「安心した？」

「ホテルでの時と同じ――いえ、あの時よりももっとよかったからです」

「へえ」

「昔、すごく好きだった本なんかを、今、読んでみると、何か、昔の印象とひどく違っていて、がっかりする時ってあるでしょう。でも、そうじゃなかった――」

「そういうことか」

「時々、想い出していたんです。ホテルでのあれを――」

「――」

「彦六さん」

ふいに武志が口調を変えた。

「なんだ」

「彦六さんは、強いんでしょう?」

「強い? おれがか?」

「はい」

「なんで、そんなことを訊く?」

「見ていて、そんな気がします。おれなんかが手を出しても、まるでぶっこわれそうじゃないし――」

「おれの身体は、そんなに頑丈じゃないぜ」

「彦六さんは、風みたいですから」

「風?」

「風は、どんなにしたって、こわれようがないでしょう」

「おれは風か」

「はい」

武志が答えた。

「親父が言ってました。彦六さんに、あっさりのされたって」

「のした？　おれが？」

「彦六さんと親父が最初に会った時ですよ」

「あの時か――」

「彦六さんに負けたって、しみじみと言ってました。あんな親父、初めて見ました」

「――」

「彦六さんは強いんでしょう？」

「どうかな」

「強いです。うちの親父が言うくらいですから。親父は、めったに誰が強いとか、弱いとか、口にしません。その親父が言ったのですから――」

言ってから、武志は口をつぐんだ。

下を向いた。

「何か、おれに言いたいことでもあるのかい」

「ええ」

下を向いたまま武志が言った。

「お願いが、もうひとつあるんです──」

黙った。

武志を見つめながら、彦六が言った。

「言ってみろよ」

「あの……」

下を向いたまま言った。

「おれと──」

「──」

「おれと、ここで闘ってくれませんか」

やっとというように、その言葉を吐き出した。

「闘う？」

「はい」

「闘うといっても、闘いには色々ある」

彦六は言った。

まず、闘いには、試合という形式がある。

同じルールの中で闘われるものだ。

次には、野試合というものがある。

決闘というものもある。

ケンカもそうだし、果てには、殺し合うまでの闘いもある。

千差万別だ。

「何のためだ?」

「おれが、おれがどのくらい強いのか、そうでなければ弱いのか、それを見て欲しいんです」

武志が顔をあげて、彦六を見た。

「ほう」

「もうひとつ、確かめてみたいものがあるんです」

「確かめてみたいもの?」

「――――」

「なんだ?」

彦六が訊いた。

武志は、口をつぐんだ。

下を向いた。

「わかりません」

つぶやいた。

わからなかった。

いや、わかってはいるような気がする。

しばらく前に、内藤という男によって、自分の肉の中に点《とも》された炎──それが何であるのか、それを確認してみたいのだ。

しかし、その炎のことを、どう彦六に説明したらいいのか。

下を向いている武志を、彦六は黙ったまま見つめていた。

「よし」

彦六がつぶやいた。

「相手をしようか」

「いいんですか」

「いいさ」

彦六は言って、後方に退がり、ゆるりと身体を開いた。

「遠慮はいらない。好きなようにかかってきていいぞ」

武志は、顔をあげて彦六を見ていた。

「おれの眼を突きたければ突いてきてもいいし、腕を折りたかったら折ってもいいと、そういう意味だ」

彦六は、自分を見つめている武志にそう言った。

武志は、うなずきながら、口を開いた。

「あの、おれ、身体だけは丈夫スから……」

「なんだ」

「本気で、おれを叩きのめしてほしいんです」

真剣な目で彦六を見ていた。

「わかった」

彦六がうなずいた。

2

武志は、黙ったまま彦六を見ていた。

彦六は、無造作に両足を開いてそこに立っているだけである。

風か、空気のようであった。

武志は、唇を舐《な》めた。

どくんどくんと心臓が鳴っている。

——本当にいいのか。
そう思っている。
彦六はいいと言った。
しかし、自分が本気で振った拳が彦六にあたったら——。
まだ、武志には迷いがある。
——だが。
身体の中の炎が、さっきよりも勢いを増しているのがわかる。
「来いよ、武志」
彦六がそうつぶやいた時、武志の身体が動いていた。
巨体が、彦六に向かってぶつかって行った。
彦六にぶつかると見えた瞬間、ふっと、彦六の身体が下に沈んでいた。
次の瞬間、左の脇腹に、どん、と強烈なパワーがぶつかってきた。
凄い力であった。
武志の身体が、大きく飛ばされていた。
土の上に転がった。
一瞬、呼吸が止まっていた。
何があったのかわからなかった。

脇腹を押さえて立ちあがった。

「タフだなあ、武志」

彦六が眼の前に立っていた。

その彦六にぶつかって行った。

今度は、手で彦六を捕えようとした。

両腕の中へ、彦六が入ったと見えた瞬間、その腕に水がからむように、彦六の身体がするりと外に抜け出していた。

手で、彦六の後を追う。

彦六の身体がさらに逃げ、横から後方にまわり込んでゆく。

彦六の姿が消えた。

その瞬間に、足を払われていた。

バットで、足をひっぱたかれたようであった。

しかも、自分の動きの方向に合わせて払われた。

大きく仰向けに転がった。

「本気になっていいんだぞ」

彦六が、上から見降ろしていた。

「はい」

武志は起きあがった。
起きあがった途端に、蹴られていた。
頭部である。
武志の太い首が、みしりと軋《きし》んだ。
武志の身体は、しかしゆらがない。
彦六が、続けて、ひょいひょいと同じ場所に、同じ右足を叩き込んでくる。
凄いほどのバランス感覚である。
その足を、武志は宙で左手に捕えていた。
おもいきり後方に引いた。
凄まじい腕力であった。
彦六がふわっと、仰向けに宙に浮きあがった。
軸足であった左足が、宙を疾った。
彦六のその左足が、右足を握っている武志の左手首を叩いた。
武志は、しかし手を放さない。
さらに引いた。
左足をもどしながら、彦六が宙で身体をねじった。
彦六の右足首が、武志の手から抜け出ていた。

左足から地に着地する。
体勢を整えないうちに、上から武志がかぶさってゆく。
武志の頬に、下から彦六の肘が入った。
ぐしっ、
と、鈍い音がした。
しかし、武志の体重は、彦六の上に乗った。
乗ったように思えた。
ずるりと、蛇のように、彦六の身体が、武志の身体の下から抜け出した。
逃がすまいと体重を移動させる。
しかし、それよりも、武志の身体の下から抜け出してゆく彦六の速度の方が早い。
逃げられた。
「本気で来い」
彦六が言った。
まだ武志は本気ではなかった。
彦六に対する遠慮が、あるのだ。
「はい」
武志は立ちあがった。

その腹に蹴りを入れられた。

転がった。

また立ちあがる。

立ちあがった所に、また蹴りがきた。

肘で武志はそれを受けた。

鞭《むち》のような蹴りであった。

——強い。

と、武志は思った。

彦六がである。

あの時と同じだった。

内藤とやった時のように、ゆっくりと、しこりのように肉の中に残っていた遠慮が溶けてゆく。

彦六に対して、おもいきり自分の肉体の能力を駆使してもいいのだということが、身体に衝撃を受けているうちに、わかってくる。頭でわかるのではない。肉体がわかってくるのだ。

武志の緊張がとれてきた。

打たれるのもおもしろかった。

打とうとするのもおもしろかった。

武志の唇に、微笑が湧《わ》いていた。

五分、闘った。

長いような、短いような、恍惚《こうこつ》の五分であった。

どちらからともなく、動きを止めた。

武志と彦六とが、立ったまま向きあった。

「おもしろいか、武志」

彦六が言った。

「はい」

武志が答えた。

「彦六さんが強いからス」

嬉しそうに、武志が言った。

ほんとうに嬉しそうだった。

「不思議な男だな、武志――」

彦六が、構えを解いて、言った。

本気で、来い、とは言ったが、武志が本気で、人を殴ったり叩いたりできる人間でないことは、彦六はわかっていた。

もとより、彦六も、武志を本気でぶちのめすつもりはない。

しかし、かなり、手加減のない攻撃を、いくつか武志に入れた。

安全な場所にである。

しかし、倒れはしたが、ほとんどけろりとして武志は起きあがってきた。

「続けるか?」

彦六が訊いた。

「いいんですか」

武志は言った。

「しかし、おれの方には、もう、やる気がなくなった。おまえの顔を見ていると、どうにもなあ――」

「おれもです」

武志が言った。

彦六が微笑した。

彦六が武志に向かって歩き出した。

武志の前へ立った。

「わかったのか?」

訊いた。

「え?」

「さっきの確認したいと言ってたことがだよ——」

「少し——」

「少し？」

「はい」

「そうか」

「少しでも、わかりました」

「何がわかった」

「おれのこの身体が、何のためにあるのかということがです」

武志が答えた。

そう言った武志の顔を、彦六が見つめた。

「何があった？」

彦六が訊いた。

「プロレスに、誘われたんです」

武志が答えた。

その男の双眸《そうぼう》は、獣の光を放っていた。

飢えた、野生獣の眼だ。

3

ネオン街である。

前方から歩いてくる人間に、ぎらぎらとした視線を向けながら歩いていた。

ジーンズのポケットに両手を突っ込み、半分顔を伏せ、その伏せた顔から、額をこするような視線を放っているのだ。

ジーンズも、その上に着ているTシャツも、薄汚れていた。

志村礼二であった。

志村の、美麗な顔が変貌していた。

鬼の顔になっているのである。

髪が、眼にかぶさるほど長くなっている。髪の中に点々とふけが見える。

あれから、一カ月余りが過ぎていた。

久我重明から、徹底的にぶちのめされたあの日からである。

歯が二本、折られた。

あばら骨一本に、罅《ひび》が入っていた。

打撲傷、青痣《あざ》は無数であった。

数日間、風呂に入っていないらしく、礼二の身体からは異臭が立ち昇っていた。

前から歩いてくる人間は、志村を避けて通ってゆく。

視線が合えば、眼を反《そ》らす。

一カ月前の時よりも、さらに頬の線が鋭くなっていた。

痩せた、というよりは、その顔に浮いた鬼の相のためである。

加倉文平の顔と、久我重明の顔が、交互に浮かぶ。

一カ月前に、同じこの場所を歩いていた時には酒が入っていたが、今は入っていない。

獣のように歩く。

夜の九時をまわっている時間である。

歩いている人間の中には、酒の入っている者も多い。

前から、ひとりの男が歩いてきた。

派手なシャツを着ている男だった。

志村が、その男を睨む。

すぐに、その男は、志村の放ってくるものに気がついた。そういう視線には特に敏感な種類の男だった。

立ち止まった。

志村に、鋭い視線を返してきた。

それを、やはり立ち止まった志村が受ける。

数瞬の間、睨み合いが続いた。

「違う……」

志村が低くつぶやいて歩き出そうとした。

「待てや、こら」

男が、低い声で言った。

普通の人間なら、それだけでびびってしまう声音《こわね》であった。

志村が立ち止まった。

男が志村に向かって歩いてきた。

「今のは何じゃい。てめえの方から、ガンとばしやがって、違うだと？」

何人かの通行人の足が止まった。

「おれの知ってる人間かと思ったんだが、違うということだ」

「それがてめえの挨拶《あいさつ》かい」

「好きに取ってくれ」

志村がまた歩き出した。

その肩に男が手をかけた。

志村が振り返った。

その頬に、男のパンチがいきなり叩き込まれた。

志村は、ポケットに手を突っ込んだまま、それを受けた。

歯を喰いしばった志村の顔が、わずかに横を向いただけであった。

足の位置はそのままだ。

「それだけのパンチしか出せねえのかい」

ふてぶてしく志村が言った。

「なに!?」

男が、もう一発、パンチを繰り出してきた。

それを、志村が首を振ってかわした。

まだポケットに手を突っ込んだままだ。

「殴らせてやったんだ、ひとつだけな」

志村が言った。

「そのひとつが挨拶だよ。それ以上はだめだぜ」

笑った。

笑いはしたが、笑顔と呼べるものとは、ほど遠いものであった。

唇がぬうっと吊りあがり、白い歯が見えた。

その歯が、二本、無い。

上下の、前歯と奥歯の中間の歯だ。

普通にしていると、それがわからないが、唇を吊《つ》りあげると、それが見える。

鬼相ではあっても、凄まじさを増した美貌は、まだその相の中に残っている。それだけに、歯の無いのが異様であった。

一瞬、気を抜かれた男に、志村が言った。

「あんた、久我重明というのを、知ってるかい」

訊いた。

「知らん」

男が答えると、志村がまた背を向けた。

その志村に向かって、男が、またパンチを打ち込んできた。

それを、志村が、ポケットから左手を抜いて、上へとはじきあげた。

その瞬間には、右拳が男の顔面に叩き込まれていた。

あっさりと、男がアスファルトに膝を突いていた。

上を向いた男の鼻から、つうっと血が滑り出てきた。

男が、両手で顔を押さえた。

「よかったな、おい」

志村が微笑した。

「おれがその久我重明だったら、あんた、歩いちゃ帰れねえぜ」

志村が歩き出した。

通行人が、さっと脇へのいた。

そこを、また、ジーンズのポケットに手を突っ込んで、志村が歩いてゆく。

おれは強い。

その思いがある。

しかし、これほど強いおれでも、あの文平には負けた。

久我重明には、勝ったの負けたのと言う以前の状態でぶちのめされた。

強くなりたかった。誰よりも強くなりたかった。

果てしない、修羅《しゅら》の道に、すでに足を踏み出してしまっている自分を志村は意識していた。

ネオンや、飲み屋の灯りの、赤や青や黄色が、志村の肩に落ちている。

志村の胸には、焦燥《しょうそう》があった。

——こんなことをしてていいのか。

そういう不安である。

こういうやり方で、あの久我重明が見つかるのか。

こうやって、新橋の飲み屋街を歩くようになって、二十日近くが過ぎていた。

久我重明にやられて、最初の一週間は病院で過ごした。次の一週間は、女のアパートで寝て過ごした。

恵美子のアパートである。

病院からもどってきたその晩から、恵美子はもとめてきた。

仰向けになった志村のそれを、唇でそそりたて、その上にまたがって、腰を使った。

一週間、毎晩であった。

一週間たったその翌日から、夜になると、志村は外に出た。

新橋の、あの久我重明と会ったこの飲み屋街に来るためである。

毎晩通えば、きっと、あの男か、あの時、重明を取り巻いていた連中の誰かには会えると思ったのだ。

今の男も、その中のひとりと間違えたのだ。

それが、今はもう二十日近くが過ぎている。

八月も後半である。

あの事件のあった周辺の飲み屋には、残らず顔を出し、久我重明という男を知っているかと、店の者に問うた。

知っていると答えた者はいない。

街をうろつき、見当をつけた店に入り、店内を見回して帰る。

そういうことの繰り返しであった。

こういうことをしていて、果たしてあの男に会えるのか。

もしかしたら、あの男たちは、たまたま、この周辺に飲みに来ただけの人間たちなのかもしれない。

そうであれば、もう、会える可能性はない。

しかし、今、志村に思いつく方法というのはこれくらいである。

二日に一度は、先ほどのように、誰かと争いになる。

相手が、ひとりの時ばかりではない。

二人の時もあれば、三人の時もあった。

そのことごとくを、志村は叩きのめしてきた。

その男たちに、しかし、問うことは忘れなかった。

「久我重明を知っているか」

そう問えば、いつか、久我重明を捜している男のことが、重明自身の耳に入るかもしれない。

そうすれば、久我重明自らやってくることも有り得よう。

本人ではないにしても、かわりの人間が来る。

志村はそう考えていた。

4

午前零時をまわっていた。

志村は、新橋駅前で、ラーメンをすすっていた。

屋台のラーメンである。

四～五人の男たちに混じって食べていた。

そのラーメンを、半分ほど喰べ終えた時、右の脇腹に、こつん、とあてられたものがあった。

「動くんじゃねえ」

すぐ後方から、耳元で男の声が囁いた。

低いが、迫力のある声であった。

腹にあてられていたものに、ぐっと力がこもった。

軽い痛みが、腹に生じた。

その堅いものが、Tシャツの布地を裂いて、皮膚を浅く傷つけたらしい。

刃物であった。

「何の用だ」

志村は、ラーメンのどんぶりを置いて言った。

「久我重明を捜してるんだってな」

その声が言った。

「ああ」

突っ立ったまま、前と後方で話を始めた志村とその男を、ラーメン屋の親爺が、奇妙な眼で見つめた。

刃物は親爺の眼には見えていないらしい。

「顔をかしてもらおうか」

「何故だ」

「何故久我重明を捜しているのか、訊きたくてな」

「わかった。行こう」

志村が、ジーンズに手を突っ込んだ。

腰にあたっていたものが、さらに、潜り込んだ。

「金を出すだけだ」

志村が言って、ポケットからそろりと千円札を取り出した。

それを親爺に渡して、釣り銭をもらう。

「度胸があるんだな、おめえ」

男が、微《かす》かに笑いを含んだ声でつぶやいた。

「こうされただけで、小便を洩らしちまうやつもいるってのによ」

「恐いさ。我慢してるんだ」

「右へ行け」

男が言った。

言われるままに、志村は右へ動いた。

そのまま、街の中を歩き出した。

男が、ぴったりと志村の後方に身体を寄せてついてくる。

後方から、微かに、葉巻の匂いがした。

歩きながら、志村の身体が、ぞくりと震えた。

「どうした?」

男が訊いた。

「恐くてね」

志村は答えた。

その声に、微かに嬉々とした響きがある。

嘘であった。

恐くなどなかった。
いや、恐くないと言えば嘘だ。恐い。それもたまらなく恐い。
何しろ、刃物を脇腹に突きつけられているのである。
しかし、その恐怖以上に、喜びがある。
——来た。
と、志村は思っている。
——ついに来た。
ついに、重明の方から、このおれにちょっかいをかけてきたのである。
そうに違いなかった。
「重明に頼まれたのか」
志村は言った。
しかし、男は答えなかった。
黙って、手に力を込めた。
小さな公園に連れてゆかれた。
滑り台がひとつと、ジャングルジム、そして砂場がひとつある。
それだけの、三角形をした公園だ。
周囲を、樹が囲んでいる。

やけに暗い外燈が、ひとつだけ、ぽつんとある。

外燈の横に、大きな銀杏《いちょう》の樹が生《は》えていた。

その陰に、小さなおいなりさんがある。

樹の下に、煙草を咥《くわ》えた、ふたりの男が立っていた。

闇の中に、ぽつんぽつんとその光が赤い。

「連れて来ましたよ」

男が言った。

ふたりの男は、煙草を咥えたまま、志村を見た。

煙草の火が、ぽっと強さを増して赤くなる。

「おまえか」

ひとりの男が言った。

黒井という男だ。

一カ月前のあの晩、重明と一緒にいた男である。

もうひとりは、見たことがない男だ。

「久我重明はいないのか」

志村は言った。

「黙れ」

黒井が言った。

「訊くのはこっちだということを忘れるな」

もうひとりの男が、煙草を地面に投げ捨て、それを靴の底で踏みつけた。

黒井が、志村に向かって歩いてきた。

右手に煙草をつまんでいる。

志村の前に立ち、煙草をまた咥えて、吸い込んだ。

ぽっ、
と、火の赤が強くなり、薄笑いをへばりつかせている黒井の顔が浮かびあがった。

煙草を右手につまみ、ふいに、志村の喉にその火を押しつけた。

「ぐうっ」

志村が呻き声をあげた。

まだ、黒井は薄笑いを浮かべたままだ。

煙草の火を、志村の喉でもみ消した。

「何で久我先生を捜しているんだ?」

黒井が言った。

「捜して、この間、こっぴどくやられた仕返しをするためか――」

「違うな」

志村が言った。

「何だ?」

「おれは、あの久我重明に、強くしてもらいたいんだよ」

「なに!?」

「久我重明に、ケンカのやり方を教えてもらいたいんだよ」

「ふざけるな!」

いきなり、黒井の蹴りが、志村の股間を蹴りあげた。

まともに入った。

「うげっ」

志村は、股間をおさえて、地面に転がった。

額から落ちた。

頬を地面にこすりつけるようにして、身をねじった。

「てめえのおかげで、こちらにゃ怪我人が出てるんだ。とぼけたことを言いやがって」

蹴られた。

背も、腹も、顔も、足も、頭をかばった腕も蹴られた。

ふたりがかりだった。

葉巻の匂いがした。あの男は、加わってはいない。

――違う。

志村は思った。

違う。

こんな蹴りじゃない。

一発一発が、脳天まで貫いてくる強烈な蹴りだ。

おれが求めてるのは、もっと正確に、もっと強く、急所に向かってぶち込まれてくる蹴りだ。

「もうそのくらいでやめとくんだな」

その時、声がした。

聴き覚えのある声だった。

「先生！」

黒井が言った。

志村は、声の方向に顔をあげた。

銀杏の樹の陰から、久我重明の黒い影が姿を現わした。

「久我重明――」

志村は、呻きながら、上半身を起こした。

「先生、来てたんですか？」

黒井が言った。

「そこの岸が教えてくれたんでな」

重明が、志村の脇腹に、刃物を押しつけていた男を、視線で示した。

志村の前に立った。

「坊やか——」

重明がつぶやいた。

志村は、眼の前に、ぬうっと突ったった、久我重明を見あげた。

激痛が、全身に跳ねあがった。

脇腹からは、血が流れているらしかった。

額からも、鼻からも、唇からも血は流れている。

喉の、煙草の火を押しつけられた場所にも、ひりひりとした痛みがある。

糞!

志村は、歯を喰い縛《しば》って立ちあがった。

「何の用だ」

重明が言った。

「おれを——」

と、志村は言った。

言った途端に、血のような熱いものがこみあげた。

「おれを、あんたの弟子にしてくれ！」

叫んだ。

文平の顔が浮かんだ。

「頼む」

悲痛な声で言った。

「なに!?」

言ったのは黒井であった。

「てめえ、よくそんなことを言えるな」

「うるせえ！」

志村は咆《ほ》えた。

「おれは、ヤクザなんかに興味はねえ！　この男の弟子になりてえんだ。この久我重明の弟子になりてえんだよ！」

火を吐くような声であった。

志村は、いきなり土下座をした。

「頼む、頼むよ。おれをあんたの弟子にしてくれよ」

「何故だ」

重明が聴いた。

「強くなりてえんだ。誰よりも強くなりてえんだよ」

「この久我重明よりもか」

「あんたよりもだ。誰よりもだ」

「――」

「負けたくねえやつがいるんだよ。そいつよりも強くなりたいんだ。そいつを、おれの手でぶちのめしてやりたいんだよ」

呻くように言った。

土下座をしながら、狂おしそうに身をよじった。

自分の肉を焼く炎に、志村が身をもだえさせている。

「頼む」

志村は言った。

「おい」

と、重明が声をかけた。

志村にではなかった。岸にである。

「はい」

「ビールを買ってきてくれ」

短く言った。

岸が、頭を下げて、姿を消した。

「おまえらは帰ってもらおうか、話は、おれとこの坊やとでつける」

重明が言った。

「しかし」

「帰るんだ。あとは、おれと岸とでちゃんとやる」

重明が、きっぱりと言った。

「わかりました」

黒井と、もうひとりの男が頭を下げて、姿を消した。

重明と、志村と、ふたりきりになった。

熱い夏の夜だった。

「立ちなよ、坊や」

重明が言った。

志村が顔をあげた。

「立ちな」

重明がまた言った。

志村が、ゆっくりと立ちあがった。

「少しは覚えがありそうだったな」

　重明がつぶやいた。

「その木を、正拳で、ぶっ叩いてみな」

　重明が言った。

「これを？」

　志村が重明を見た。

「そうだ」

　重明が言った。

　志村は、その銀杏を見た。

　太い樹であった。

　大人が、二人で抱えても、届くかどうかという樹であった。

　何故だ？

　と、志村は思う。

　何故この樹を叩くのだ。

「叩けば弟子にしてくれるのか？」

　訊いた。

「叩け」

とだけ、重明が言った。
ふいに、ごりっと、志村の肉の中に跳ねあがってくるものがあった。
よし。
と思う。
叩いてやる。
おもいきり叩いてやる。
「あやっ」
正拳で殴りつけた。
ごしっ。
という音がした。
肉と骨が、堅いものにまともにぶつかった音だ。
重明を見た。
「やめろとは言ってない」
重明が言った。
なに!?
と思う。
糞。

やめるつもりはなかった。
また叩いた。
おもいきりぶち込んだ。
三回目で、右拳の空手ダコの皮膚が裂けた。
かまわずに叩いた。
岸がもどってきた。
缶ビールを手にしていた。
それを重明が受け取って、開けた。
うまそうに飲み始めた。
馬鹿にされているのか、このおれは——
志村は思った。
こっちを向け、と思う。
叩いた。
叩いた。
叩いた。
空手ダコがたちまち潰《つぶ》れた。
樹の幹のざらついた表面が、志村の赤い血で染まってゆく。

その表面に、志村の拳の皮膚が、こびりついている。
叩くたびに、激痛がある。
その激痛を、樹に打ち込むように叩く。
より大きな痛みで、その痛みを消そうとするかのようであった。
夢中で叩いた後に、ちらりと重明に視線を疾らせた。
重明は、見ていなかった。
ビールを飲んでいた。
〝ぬうっ〟
わけのわからない怒りが吹き抜けた。
——文平!
腹の中で叫んだ。
叩いた。
おもいきり力を込めた。
めきっ。
という音がした。
衝撃が骨にまで届いた音だ。
まだ足りなかった。

さらに力を込めた。
幹の表面に、肉が、付着し始めた。
肘から先が、ぼうっとなっている。
炎であぶられているようであった。
もうかまわなかった。
拳がこわれてつかいものにならなくなるのならそれでよかった。
重明の眼を、おれの方に向けさせてやるのだ。
叩いた。
叩いた。
叩いた。
これ以上は力が入らないくらいに叩いた。
糞。
糞。
糞。
まだ、足りなかった。
まだ力が余っている。
——何故か。

と思った。

それは、自分が、この樹を恐れているからだと思った。本当に、渾身の力を込めてこの幹を叩いたら、骨は砕け、もう二度と拳が使いものにならなくなってしまうからだ。

本能的な恐怖だ。

くやしかった。

そのくやしさを拳に乗せて、幹を打つ。

どのくらい叩いたのか、もうわからない。

太い樹であった。

人の力が加えられたくらいでは、わずかもたわまない。

マキワラを叩くのとはわけが違う。

コンクリートを叩くのと似たようなものであった。

樹を見るからいけないのだと志村は思った。

樹を見るから、そこにある樹を恐れてしまうのだ。

「ぬう」

志村は、幹に背を向けた。

背を向ければ、幹は見えない。

振り向いた。

振り向きながら腰をおもいきり回転させた。
その回転のスピードに、肩を乗せ、肘を乗せ、拳を乗せた。
振り向きざま、おもいきり幹に拳を打ち付けた。
めきっ！
という音と、
ぐしっ！
という音が、同時に響いた。
拳に異様な感触と手応えがわかった。
拳を見るまでもなかった。
骨が、直接樹の幹を叩いたのだ。
それでもかまわなかった。
文平の顔が浮かんだ。
負けてたまるかと思った。
文平をぶちのめす拳だった。
その拳で幹を叩く。
叩く。
叩く。

叩く。
叩く。
狂った。
重明も糞もなかった。
もう、何でこの幹を殴り続けているのかもわからなくなっていた。
骨が、幹へぶつかる異様な音が響く。
ふいに、ぽん、と肩を叩かれた。
「いいぜ……」
声がした。
誰の声だ?
わからなかった。
自分の右腕が、木の棒のようになってしまっていた。
誰だ?
思いながら樹を叩いた。
やめてたまるか。
幹に向かって打ち出した手がふいに、強い力でつかまれた。
「もういい」

声が言った。
邪魔をするな。
その手を振りほどいて拳を打ち込もうとする。
いきなり頬を叩かれた。
眼の前に、久我重明が立っていた。
いつの間にか、ぼんやりと周囲が明るくなっていた。
「わかったぜ」
重明が言った。
「おれが、坊やを強くしてやろうじゃないか」
鉄の唇が、小さく微笑した。
夢から醒めるように、風景がもどってきた。
近くの線路を鳴らして、電車が走ってゆく音が響いてきた。
東京駅を出てきたばかりの、始発の東海道線であった。
——志村礼二。
——久我重明。
ここに、二匹の獣が、奇妙な師弟の出会いをとげたのであった。

転章

ぼうぼうたる原野であった。

一面の夏の草原を、風が渡ってゆく。

陽は、中天にあった。

なだらかなスロープが、ゆっくりとむこうへ盛りあがり、彼方《かなた》で空と地とを分けている。

背後の唐黍《とうきび》畑から吹いてきた風が、さわさわと草原の草を倒しながら、いくつもの風の群れとなって、そのスロープを登ってゆく。

途中で向きを変える風もあれば、どこかへ消えてしまう風もある。

そのまま地平線まで、ひと息に駆け抜けてゆく風もあった。

地平線へ駆け抜けていった風の、その先は、蒼い天である。

白い雲が浮いていた。

空のどこかにいるらしい、鳥の声が、見えない小石のように、天に満ちている。

室戸武志は、動かない岩のように、風の中に立っていた。

武志の眼の前に、大人の頭ほどの石が、草に埋もれて転がっている。

墓石だ。

〝北浜善之助〟

と、ある。

善さんの墓であった。

武志が自分で刻んだ稚拙《ちせつ》な字であった。

どこもかしこも、草の海だ。

フウロ草や、ヒバ、シシウド——あらゆる草が群れて、一面の緑だった。

風が吹く。

善さんの墓は、その草の海に溺《おぼ》れてしまいそうだった。

独りぼっちの墓だ。

独りぼっちの石が、草に埋もれている。

瞳をめぐらせれば、ぽつんと、向こうの風の中に、羽柴彦六が立っている。

彦六は、ポケットに手を突っ込んで、天を見あげていた。

彦六もまた風であった。

次に吹いてきた風と共に、彦六もどこかへ消えてしまいそうであった。

「善さん……」

武志は、つぶやいた。

その声が、風に運ばれて、草原へ消えてゆく。

父の室戸十三にかかわって、そして、死んでいった男の墓だ。

相撲、プロレスと、十三に附《つ》いて歩き、そして、十三の女のことで死んだ。

格闘技に才能があった男ではない。

特別格闘技が好きだった男ではない。

人よりは、やや身体が大きく、力が強かった。

だから、とにかく腹いっぱい飯が食いたかった。

それで相撲を始めた人間である。

ところが、善さんよりも大きく、力も強い人間は相撲の世界には大勢いた。

根性もあり、地べたから這いずりあがりたいという野望に燃えている人間もいた。

結局、ひとつもいいことのなかった人生だったのではないか。

武志はふとそう思う。

ならば父の十三はどうであったのか？

善さんよりは、大きく、力も強く、一時は大関、横綱かと騒がれたこともある。プロレスに転向《てんこう》してからも、それなりには評判にもなったのだ。

その十三も、今は、刑務所で服役中である。

人の一生とは何なのかと思う。

流れた果ての果てに、こうしてひとつの石の下になってしまうのだ。

その石が、草に埋もれ、今は、そこに風が吹くばかりである。

独りぼっちだ、と、武志は思う。

善さんも、父の十三もそうだ。

十三には、自分という息子がいる。

それでも、独りは独りだ。

刑務所に入る時は、独りだった。

あの、風に吹かれて天を見あげている彦六も、独りだ。

死ぬ時も、独りだ。

どうせ、独りなのだ。

何をどう考えても、人は独りなのだという、そこに突きあたる。

人ひとりの大きさなどこの天地の間にあって、何ほどのこともない。

そこらに転がっている石ころ以上でも以下でもない。

どうせ何ほどのこともないのなら、好きなように生きてみるのも、それはそれでいいような気がした。

己れの肉体を使う。

そういう生き方を選んでもいいのではないか。
肉体の奥に生じた、この熱いうずきに、そのまま従っていいのではないか。
自分の肉体が、どれだけのエネルギーを秘めているのか、それを知りたかった。
とことん疲れ果てるまで、それを絞り尽《つ》くしてみたかった。
「好きにするさ――」
と、彦六は、武志にそう言った。
札幌であった晩に、酒を飲みながらのことであった。
昨日、網走《あばしり》まで出かけて会った父の十三も、同じことを言った。
「決めたら、善のやつには、報告してやってくれ」
十三は、そう言った。
武志の心臓が鳴っている。
「東京か――」
武志はつぶやいた。
風が吹く。
風が吹く。
その風に乗って、ゆらゆらと、彦六が向こうから歩いてくる。
東京へ、ゆこう――

武志はそう思った。

この身体が何のためにあるのか、その答を知ろうと思った。

「東京へゆく」

小さく口に出した。

出した途端に、小さく身体が震えた。

何の震えかはわからない。

ひとしきり、風の中で身体が震え、彦六が傍に立った時には、その震えは止《や》んでいた。

「行くのか、武志——」

彦六が、ぽん、と武志の肩を叩いた。

「はい」

武志が答えた。

北の果ての荒野で、象の瞳と、象の体軀を持った少年——室戸武志もまた、新たなる荒野へ、己れの足で踏み入ってゆく決心をしたのである。

その風のゆく先もまた、修羅の荒野であった。

一九九三年一月　光文社文庫刊

光文社文庫

獅《し》子《し》の門《もん》　玄《げん》武《ぶ》編《へん》

著者　夢《ゆめ》枕《まくら》　貘《ばく》

2018年5月20日　初版1刷発行

発行者　鈴木広和
印刷　慶昌堂印刷
製本　榎本製本

発行所　株式会社　光文社
〒112-8011　東京都文京区音羽1-16-6
電話（03）5395-8149　編集部
8116　書籍販売部
8125　業務部

ISBN978-4-334-77656-5　Printed in Japan

組版　慶昌堂印刷